I0613691

Début d'une série de documents
en couleur

COUVERTURES SUPERIEURE ET INFERIEURE D'IMPRIMEUR

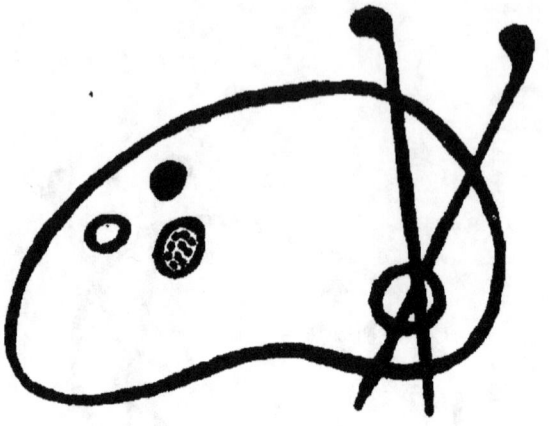

Fin d'une série de documents
en couleur

LE ROBINSON FRANÇAIS

1re SÉRIE IN-8o

Je dressai ma tente entre quelques arbres (page 63)

LE ROBINSON FRANÇAIS

HISTOIRE D'UN PETIT NAUFRAGÉ

ÉDITION REVUE

PAR E. DU CHATENET

Trois gravures

LIMOGES

EUGÈNE ARDANT ET Cⁱᵉ

ÉDITEURS

LE
ROBINSON FRANÇAIS

CHAPITRE Iᵉʳ

Des malheurs qui accablèrent la famille du héros de cette histoire.

Je suis né en Bretagne : Vincent Hornille, mon père, était maître d'école dans la petite ville de Landernau. Il épousa une jeune personne, nommée Clémence Albin. Ils vécurent ensemble dix-huit années et ils étaient heureux avec leur cinq enfants, lorsque mon père, atteint d'une fluxion de poitrine, fut emporté au bout de quelques jours. Je n'essaierai point de représenter l'affliction de ma mère, qui perdait l'unique moyen d'élever ses enfants. Sa fille aînée, Agathe, avait seize ans. J'en avais alors quatorze. Mon frère puiné se nommait Augustin; Henriette et Monique étaient nos plus jeunes sœurs. Les parents des élèves de mon père se réunirent pour offrir à sa veuve un témoignage de leur reconnaissance. L'un d'eux, qui était horloger, se chargea d'enseigner son état à Augustin; quelques parents adoptèrent aussi mes deux jeunes sœurs; Agathe et moi nous demeurâmes avec ma mère.

Malgré la sagesse de mon éducation, je nourrissais des pensées ambitieuses.

Cependant, ma mère, qui désirait que je pusse reprendre l'école de mon père, me pressait de m'instruire et me recommandait à la bonté d'un ami; elle ne pouvait faire davantage, puisque nous avions à peine de quoi vivre. Quoiqu'elle eût été obligée de vendre plusieurs effets, cette bonne mère respecta constamment la bibliothèque de mon père, composée d'excellents ouvrages pour la jeunesse, qu'elle regardait comme une grande ressource pour mon éducation. Quinze mois après la mort de mon père, j'appris par hasard qu'un frère de ma mère qui était passé à l'Ile-de-France en qualité de chirurgien, y avait fait une grande fortune, qu'il s'y était marié, mais qu'il était veuf et n'avait point d'enfants. Il n'en fallait pas tant pour éveiller mon ambition; déjà mon imagination me représentait un éclatant changement de fortune : je ne doutais pas que mon oncle ne s'empressât de nous secourir et de partager avec nous tout ce qu'il possédait. Je me hâtai de raconter à ma mère ce que je venais d'apprendre.

— Ne jugez-vous pas comme moi, poursuivis-je, que nos malheurs sont à leur terme, et me reprocherez-vous encore de me bercer de vaines illusions? Vous m'avez fait cent fois l'éloge de ce frère qui devient aujourd'hui notre espérance : vous me l'avez représenté généreux, sensible et plein d'amitié pour vous; il ne s'agit donc que de l'instruire de notre situation.

— Mon fils, répliqua ma mère, ne te flatte pas si promptement d'un bonheur éloigné; beaucoup de circonstances peuvent s'opposer à tes désirs ainsi qu'à la bonne volonté de mon frère : nous ignorons l'état de ses affaires, et s'il a le droit de disposer de sa fortune, puisqu'il a été marié; de plus, ajouta-t-elle en baissant les yeux, je ne te cacherai pas que l'amitié que mon frère me portait a reçu quelque atteinte : il n'approuvait point mon mariage, et le peu de soin qu'il a pris de me donner de ses nouvelles depuis son établissement aux Indes me porte à croire qu'il m'a tout à fait oubliée.

Agathe, qui avait partagé mes espérances, et qui, sans être ambitieuse, souhaitait pour notre intérêt commun qu'elles vinssent à se réaliser, allégua que peut-être notre oncle avait écrit, mais que les lettres pouvaient s'être égarées dans le trajet, et que n'en obtenant point de réponse, il avait pris le parti du silence. J'appuyai fortement cette conjecture, en priant ma mère de me laisser écrire à M. Albin, l'assurant, avec ma présomption ordinaire, que je me chargeais de faire réussir cette négociation.

— Hélas! mes chers enfants, reprit-elle, je n'ai garde de m'opposer jamais à ce qui peut améliorer votre sort; mon plus grand désir est de vous voir heureux. J'écrirais moi-même à mon frère, si j'en espérais quelque succès; mais je crois qu'il vaut mieux que George s'en acquitte, puisque mon frère n'a aucune raison de lui en vouloir.

Plein d'enthousiasme et d'espoir, j'allai travailler aussitôt au brouillon de ma lettre; mon style, formé par de bonnes lectures, était fort au-dessus de mon âge, et j'étais surtout animé du vif désir de toucher le cœur de mon oncle. Je réunis dans ma lettre tous les sentiments les plus propres à produire cet effet: j'employai à propos les souvenirs du sang et de la patrie, je lui peignis notre détresse, mes sœurs et mon frère dispersés et commis à des soins charitables, ma mère expirante, son courage luttant avec la pauvreté et la maladie, et moi attendant impatiemment que mon âge me permît d'embrasser une profession aussi modeste que peu lucrative; je n'avais besoin que d'être fidèle pour rendre cette relation intéressante. Ma mère ne put s'empêcher de pleurer en la lisant; son attendrissement me parut d'un bon augure: ma lettre partit, nous l'accompagnâmes de nos vœux.

CHAPITRE II.

Ce qu'il arriva de la tentative de George Hernille.

Le lecteur devinera aisément combien le temps me parut long dans l'attente d'une réponse à ma lettre ; je comptais les semaines et les mois avec une impatience naturelle, que la vivacité de mon caractère ne ralentissait pas. Que de projets me passèrent dans l'esprit pendant cet intervalle ! quel essor je donnais secrètement à mon ambition ! Je ne me souciais plus de remplacer mon père : je trouvais cette profession au-dessous de moi, depuis que je me flattais de devenir riche ; mais je renfermais dans mon cœur ces extravagantes pensées que ma mère ne partageait pas. Cette réponse si désirée arriva enfin ; elle surpassait mes espérances, et me plongea dans une véritable ivresse. Mon oncle, dont le cœur était excellent, oublia tout sujet de plainte en apprenant les infortunes de sa sœur ; il la pressait de se rendre auprès de lui avec sa famille, et dans le cas où sa mauvaise santé ne lui permettrait pas d'entreprendre un si long voyage, il lui assurait un honnête revenu à elle et à ses enfants, afin qu'ils pussent vivre sans être à charge à personne. Ses dispositions envers moi étaient encore plus généreuses : charmé de ma manière d'écrire et de l'esprit que je paraissais avoir, il m'offrait de me rendre à l'Ile-de-France, où il me mettrait en état de lui succéder dans son état et dans ses possessions.

Des larmes de joie et de reconnaissance coulèrent de nos yeux à cette lecture ; ma mère tomba à genoux, et remercia le ciel du secours qu'il lui envoyait dans sa détresse ; elle fit tenir ses autres enfants, leur apprit ce qu'ils devaient à ce généreux oncle, et leur dit qu'elle voudrait pouvoir les conduire entre ses bras.

— Mais, ajouta-t-elle, je ne sens que trop combien un tel trajet est au-dessus de mes forces; et quand je pourrais y résister, je succomberais infailliblement sous un climat si différent du nôtre. Cependant, mes enfants, je risquerais ma vie pour vous, si je ne voyais aucun autre moyen de vous tirer de la misère; mais votre protecteur nous donne de quoi vivre honnêtement, dans l'économie et la simplicité: soyez assez sages pour vous contenter de ce partage; on n'a pas besoin d'être riche pour être heureux.

Nous l'assurâmes d'un commun accord que sa conservation nous était plus précieuse que tout le reste; et il est vrai qu'elle nous était extrêmement chère. Cependant ma tendresse n'était pas encore assez forte pour réprimer mon ambition; l'offre de mon oncle ne sortait point de ma pensée: je brûlais d'y répondre et de l'aller rejoindre; mais je n'osais le dire, ne prévoyant que trop la répugnance de ma mère à y consentir. Je m'adressai à cet ami de mon père, dont j'ai déjà dit quelques mots; il se nommait M. Prior. Je n'ai jamais connu d'homme plus vénérable, ni d'ami plus dévoué. Je lui fis envisager cette affaire sous l'aspect le plus favorable à mes désirs, cachant mon ambition sous des motifs de reconnaissance et de générosité. On ne pouvait, au reste, se dissimuler qu'il n'y eût de l'avantage pour moi à prendre ce parti. M. Prior, qui le jugeait ainsi, n'eut pas de peine à entrer dans mes sentiments: il en parla à ma mère, qui reçut cette ouverture avec autant de surprise que de chagrin. Elle était loin d'imaginer que j'eusse assez de résolution pour me décider à faire ce voyage; elle me demanda s'il était vrai que je songeasse à l'abandonner.

— Moi, vous abandonner! m'écriai-je en la pressant dans mes bras, ah! n'appelez pas ainsi une absence nécessaire,

mais qui n'aura qu'un temps, et dont le but pourra vous être
utile à vous et à vos autres enfants. Je me flatte de déterminer
mon oncle à réaliser sa fortune et à repasser en France avec
moi : ne vous sera-t-il pas bien doux de le revoir?

— Oui, sans doute, me répondit-elle; mais s'il est retenu
aux Indes par son inclination ou par ses intérêts, faut-il que
je demeure privée de mon enfant? George, je croyais t'avoir
persuadé que nous avions assez de notre petite fortune. Dans
deux ans au plus tard, tu pourras tenir une école comme ton
père; tu as déjà de l'instruction, tu en acquerras encore; ta
conduite mérite l'estime des honnêtes gens; tout me fait espérer que tu hériteras de la confiance qu'on portait à mon digne
époux : pourquoi t'exposer aux dangers d'un voyage sur mer,
lorsque le ciel te présente dans ton pays et au milieu de ta
famille un sort modeste, mais assuré?

M. Prior paraissait se ranger du parti de ma mère; cette
sagesse mesurée touchait naturellement un vieillard à qui
l'expérience avait appris à se défier de l'inconstance des hommes. Je montrai seul une obstination invincible; je me plai-
gnis, les larmes aux yeux, qu'on s'opposait à ma fortune : je
fis valoir la reconnaissance qu'on devait à mon oncle, et qui
ne pouvait mieux paraître que dans mon empressement à me
rendre à ses désirs. En vain on me mit sous les yeux les périls
d'une longue navigation, et les autres inconvénients qui menaçaient un enfant de mon âge abandonné à lui-même; ma présomption ne s'étonna de rien. Ma mère et M. Prior ne savaient
s'ils devaient admirer mon courage ou me blâmer de mon
obstination. Ils eurent à ce sujet une conversation secrète,
dont le résultat fut qu'on me ferait embarquer; il me parut que
c'était M. Prior qui y avait enfin décidé ma mère, en lui représentant qu'elle ne devait point s'opposer plus longtemps à
l'avancement de ma fortune, de peur que je ne le lui repro-
chasse un jour.

Les espérances brillantes dont je me repaissais m'empêchèrent de m'arrêter aux circonstances douloureuses qui devaient accompagner mon départ; je ne voyais que mon arrivée à l'Ile-de-France, l'accueil favorable que je me flattais de recevoir d'un parent à qui j'avais déjà donné une haute opinion de mon esprit, et tous les agréments qui m'attendaient auprès de lui : ma vanité se représentait avec complaisance de nombreux esclaves soumis à mes ordres; je me promettais de me dédommager amplement des privations que j'avais supportées dans mon indigence, de ne marcher qu'en litière, de me vêtir magnifiquement, et de revenir étaler mon luxe au milieu de mes compatriotes, dès que l'occasion s'en présenterait. J'aurai assez de sincérité pour convenir qu'aucune pensée louable ne se mêlait à mon ambition, car l'espoir de ramener mon oncle en France, et de me rendre utile à ma famille, était plutôt un prétexte qu'un véritable motif; ce n'est pas que j'eusse le cœur méchant et insensible, mais les goûts modestes de ma famille donnaient une libre carrière à mon ambition, et je trouvais suffisant pour elle ce que je méprisais pour moi. Hélas! de pareils sentiments n'étaient guère propres à m'attirer la bénédiction du ciel! aussi fut-ce inutilement que la meilleure des mères l'appela sur moi; ou plutôt, Dieu, touché de ses alarmes et de ma grande jeunesse, prit compassion de mes fautes, et prévint les désordres du reste de ma vie, en rassemblant sur ma tête des malheurs capables de me corriger.

CHAPITRE III.

Départ de George pour l'Ile-de-France.

Avant de me séparer de ma famille, j'eus la douceur de la voir s'établir dans une situation paisible. L'argent envoyé par mon oncle fut placé d'une manière solide et avantageuse; la petite métairie, où ma mère continua de demeurer, fut agrandie et réparée fort proprement, mais tout ce qui ressemblait au luxe n'y trouva point d'accès ; ma mère n'y voulut que le simple nécessaire : elle disait que ne pas user modérément des secours de la Providence, c'est s'en montrer indigne, et que, dans l'intention où elle était de ne point importuner son frère, l'économie pouvait seule lui rendre son bienfait suffisant. Le même esprit de sagesse qui lui inspirait cette résolution la porta aussi à ne pas se reposer sur un avenir douteux du sort de ses enfants, et à profiter de sa nouvelle fortune pour les mettre en état de s'en passer, en leur donnant à chacun une profession utile. Elle me chargea pour mon oncle d'une lettre dans laquelle elle lui racontait en détail tout ce qu'elle se proposait de faire ; mais comme il y était question de moi, elle ne jugea pas à propos de me la communiquer, et ce n'est que par la suite que j'en ai pris connaissance.

M. Prior s'offrit de me conduire au port de Lorient et d'y prendre les arrangements nécessaires pour mon passage, service que ma mère accepta avec une vive reconnaissance. Ce fut un jour bien douloureux que celui où je partis de ma petite ville ; l'ambition céda ce jour-là à la nature, et je ne sentis que le prix des avantages que je perdais, sans que ceux que j'allais chercher pussent un moment m'en distraire. Afin de ménager la délicatesse de ma mère, mon vieil ami m'engagea à lui éviter de si tristes adieux ; nous convînmes de l'heure à laquelle je m'échapperais de la maison pendant qu'elle serait encore au lit. La nuit qui précéda mon départ, je ne pus fermer les yeux : mon cœur était péniblement oppressé, soit que ma tendresse pour ma mère se réveillât avec plus de force au moment de me séparer d'elle, soit qu'un pressentiment secret m'annonçât les dangers que j'allais courir.

Comme je sortais de ma chambre, au point du jour, je

trouvai Agathe qui me préparait, en pleurant, une tasse de café. Cette bonne fille était dans le secret : elle savait que j'allais quitter la maison pour un temps que nous ne pouvions déterminer; elle contenait à peine ses sanglots, et me serra dans ses bras avec une vive tendresse. Nous demeurâmes quelques moments sans avoir la force de nous parler.

— Adieu, ma chère Agathe, lui dis-je enfin d'une voix entre-coupée; souviens-toi d'un frère qui t'aimera toujours. Ah! si j'avais pu prévoir que cette séparation me coûte... non, je n'aurais point trouvé le courage de m'y résoudre; mais il n'est plus temps de reculer. Voici une lettre que je te laisse pour ma mère : elle y verra la trace de mes larmes, et que je ne me prive de ses derniers embrassements que pour ménager sa sensibilité.

Je la chargeai aussi de me conserver, pendant l'absence, l'amitié de mon frère et de mes autres sœurs. Nous nous dîmes réciproquement mille choses tendres que cette triste circons-tance nous inspirait; et j'étais sur le point de la quitter, lorsque ma mère parut. Elle nous avait entendus de son lit, malgré nos précautions; nos voix entrecoupées lui donnèrent quelques soupçons de mon dessein : elle se leva à la hâte. Quoique pâle et tremblante, elle me reprocha, avec assez de fermeté, de douter de son courage, de vouloir lui ravir mes derniers embrassements.

— Certainement, continua-t-elle, je ne suis point insensible à la douleur de me séparer d'un fils, et de le voir s'exposer, dans une si grande jeunesse, aux périls de la navigation; mais comme j'espère que ce n'est que pour ton bonheur que Dieu t'a donné le courage de l'entreprendre, cette idée soutiendra ma faiblesse. Je m'exerce depuis longtemps à supporter ce moment inévitable : ne crains donc point, mon cher fils, que j'y succombe; et que de vaines précautions ne nous privent pas des dernières consolations qui nous restent.

Elle envoya dire à M. Prior la résolution où elle était de passer avec moi une partie de cette journée. Il arriva inquiet des suites que ce dessein pouvait avoir; mais il trouva ma mère si tranquille et si résignée, qu'il ne put qu'applaudir à son courage. L'heure du dîner se passa néanmoins assez tristement, malgré les efforts que nous faisions tous, à l'exemple de ma mère, pour soutenir la conversation. Deux heures sonnèrent; nos chevaux étaient retenu pour trois. Ma mère me prit alors la main en me regardant d'un air profondément touché.

— Mon fils, me dit-elle, le moment de ton départ est arrivé. J'aurais souhaité que les projets que j'avais formés pour toi se fussent réalisés; ils m'auraient assurée, autant que les mortels peuvent l'être, de mourir entre tes bras. Dieu ne l'a pas voulu; il t'a mis dans le cœur des inclinations hasardeuses : suis donc ta destinée, et puissé-je te revoir avant de descendre au tombeau! J'ai désiré faire avec toi ce dernier repas où tu vois toute ta famille rassemblée. Le visage abattu de ces pauvres enfants, montre assez combien ils te regrettent. De ton côté, mon cher George, conserve-leur une affection fraternelle. Si tu deviens riche un jour, et que ta fortune te place dans un rang plus élevé que le leur, n'oublie point pour cela que vous êtes du même sang. Sois toujours simple dans tes mœurs, modeste dans tes dépenses, et plus glorieux des vertus de ton père que des avantages de l'opulence. Va, mon enfant, que la main de Dieu te conduise!

En prononçant ces dernières paroles, elle m'attira vers elle et m'embrassa avec une tendresse inexprimable. Je me laissai tomber à ses genoux pour recevoir sa bénédiction, qu'elle me donna d'une voix à peine intelligible; puis se levant brusquement, elle se retira dans sa chambre, où nous l'entendîmes donner un libre cours à ses pleurs. M. Prior m'arracha des bras de ma famille éplorée, et m'emmena à l'endroit où nos chevaux nous attendaient. Mon premier soin, en arrivant à Lorient, fut d'écrire à ma mère. Je lui renouvelais l'assurance de faire tous mes efforts pour ramener son frère dans sa patrie; et si je ne pouvais y réussir, de revenir près d'elle succéder à mon père : et cette fois je le pensais sincèrement, tant les émotions que je venais d'éprouver étaient encore vives dans mon cœur; mais peu à peu elles se calmèrent; l'ambition me berça de nouveau de ses flatteuses espérances.

CHAPITRE IV.

George s'embarque. Il relâche aux îles Canaries.

M. Prior qui avait demeuré longtemps à Lorient, y conservait assez d'amis pour espérer que quelqu'un d'entr'eux me procurerait la protection d'un capitaine de vaisseau; son attente ne fut pas trompée : nous en rencontrâmes un qui allait directement à l'Ile-de-France, auquel je fus recommandé, et qui n'attendait qu'un vent favorable pour mettre à la voile. Je profitai de quelques jours de loisir pour prendre connaissance de la ville où je me trouvais. On croira facilement que j'en fus satisfait, moi qui ne connaissais encore que Landernau, ville assez bien située, mais mal pavée, mal bâtie, fort irrégulière, et qui n'a pas un édifice remarquable. Lorient, au contraire, est une ville nouvelle, bien construite, ornée de bâtiments et de promenades qui ne dépareraient pas une plus vaste cité. Nous allâmes à la comédie, où je vis représenter la tragédie du Cid, qui me transporta d'admiration. Le goût que je prenais à ces nouveautés, ne faisait qu'augmenter mon désir de devenir riche, puisque sans la fortune il n'est pas aisé de jouir des avantages des arts; aussi vis-je arriver avec plaisir le moment de mon départ; néanmoins je ne pus me défendre d'une sensation extrêmement pénible en recevant les derniers embrassements de mon respectable ami. Mes regards le suivirent jusqu'au rivage, où il retournait lui-même profondément touché, en me faisant des signes d'amitié et m'exhortant à mettre ma confiance en Dieu, ce que je compris à la manière dont il me montrait le ciel de la main et des yeux. Ce moment qui me séparait de tout ce qui m'était cher, pour m'abandonner à la merci des étrangers et aux caprices d'un élément perfide, fit sur mon cœur une telle impression que j'éclatai en sanglots et me cachai le visage entre les mains. Lorsque je le relevai pour chercher des yeux la petite barque qui emmenait le fidèle ami de mon père, tout avait disparu !... je ne vis plus que la ville, qui semblait fuir déjà dans le lointain.

Un sentiment de crainte et de regret bien naturel à mon âge s'empara alors de mon esprit : je me reprochai avec amertume la folle ambition qui me faisait courir au bout du monde, à travers mille dangers, tandis que je pouvais couler près de ma mère des jours assurés et tranquilles. Le capitaine me voyant plongé dans la douleur, essaya de me donner quelques consolations. Il avait le ton brusque, assez ordinaire aux marins; mais, dans le peu de temps que nous avons passé ensemble, quoique ses occupations ne lui permissent guère de m'entretenir, je n'ai eu qu'à me louer de sa bonté. Il connaissait mon oncle, et m'apprit qu'ils avaient eu ensemble quelques relations commerciales.

— M. Albin, me dit-il, est un homme d'environ cinquante ans. Il se rendait aux Indes pour y exercer la chirurgie, lorsqu'une dame, propriétaire à l'Ile-de-France, et qui se trouvait sur le même vaisseau, le pressa de s'arrêter dans cette île, où elle l'assura qu'il ne manquerait pas de faire une brillante fortune. Il paraît que cette dame, qui l'a épousé depuis, avait déjà conçu pour lui de l'inclination. M. Albin fit des cures si heureuses, il se conduisit avec tant de sagesse, et se montra si laborieux, qu'il était déjà à son aise lorsqu'il se maria. Son épouse lui fit de très-grands avantages, si l'on peut appeler ainsi une augmentation de richesses qui ne servit qu'à troubler son repos, en lui suscitant pour ennemis les nombreux parents de sa femme. Leur rage augmenta encore à la mort de celle-ci, qui laissa son mari son unique héritier. Ils l'accablent sans cesse de nouveaux chagrins.

— Ah! Monsieur, lui répondis-je, s'il est vrai que mon oncle soit si malheureux à l'Ile-de-France, que n'abandonne-t-il ce pays barbare pour retourner dans sa patrie, où il trouverait des parents prêts à le consoler de ses disgrâces?

— Il y a longtemps que je l'ai pensé comme vous, me répliqua le capitaine; mais sans doute qu'il a de bonnes raisons pour demeurer où il est. Peut-être tient-il à un pays où sa réputation est merveilleusement établie; peut-être y conserve-t-il quelque affection nécessaire à son cœur. Il y a toujours de la témérité à juger des motifs des hommes qu'on ne connaît surtout que légèrement. Je ne doute pas, au reste, que la présence d'un neveu ne lui adoucisse beaucoup ses peines, et que vous ne soyez plus propre que personne à le ramener dans son pays, si cette translation ne rencontre pas de puissants obstacles.

Ces détails sur mon oncle m'intéressèrent vivement; mais ils ne satisfaisaient pas suffisamment ma curiosité. J'aurais voulu savoir s'il se servait noblement de son opulence: s'il avait beaucoup d'esclaves, un grand train de maison, circonstances qui me tenaient singulièrement au cœur. Je n'osai point toutefois en demander davantage au capitaine, qui n'avait pas d'ailleurs assez de loisir pour y répondre.

Il y avait parmi les passagers un jeune nègre d'environ

dix-huit ans, bien fait de sa personne, d'une figure régulière
et intéressante. Il jouait parfaitement de la flûte, et charmait
tout l'équipage lorsqu'appuyé, le soir, au pied d'un mât, il
faisait retentir des plus doux sons les profondeurs de l'Océan.
Comme j'étais le seul à peu près de son âge, il parut chercher
à lier connaissance avec moi ; mais sa couleur m'inspirant
contre lui d'injustes préjugés, je dédaignais de répondre à ses
prévenances ; persuadé d'ailleurs que ce nègre appartenait à
quelqu'un des passagers, je le méprisais lorsque je n'aurais dû
que le plaindre.

Le vaisseau relâcha à Ténériffe, l'une des îles Canaries.
J'obtins du capitaine la permission d'aller à terre avec quelques passagers qui, voyant le désir que j'avais de m'instruire,
consentirent à se charger de moi ; ils paraissaient fort savants,
et j'appris, en les écoutant, plusieurs particularités intéressantes sur ces îles, qu'on ne sera peut-être pas fâché de retrouver ici.

Leurs premiers habitants étaient les Guanches, peuplades
sauvages qui ne se logeaient que dans des cavernes, et ne
portaient d'autres habits que des peaux de boucs. Comme les
Égyptiens, ils connaissaient l'art d'embaumer les corps et de
les conserver pendant des siècles ; ils les rangeaient dans des
grottes, debout et appuyés contre les parois ; ces lieux funè-
bres étaient soigneusement cachés : le hasard seul en a fait
découvrir quelques-uns. Les îles Canaries, au nombre de sept,
tirent leur nom de la plus considérable d'entre elles. Leur climat est si beau et leur terre si fertile que les anciens les appe-
laient fortunées, et y plaçaient leurs champs élysiens. Du sein
de Ténériffe s'élève une haute montagne qu'on nomme le Pic,
et qu'on aperçoit de plus de quarante lieues en mer ; cette
montagne est un volcan, d'où il s'échappe continuellement de
la fumée, mais qui n'a point fait d'éruption depuis plus d'un
siècle. Rien ne peut être comparable à la partie de l'île où se

trouve la délicieuse vallée de Laguna : les fruits y donnent deux récoltes par année ; une seule tige de froment y porte quelquefois quatre-vingts épis, et ses vignobles ont de la renommée jusqu'aux extrémités du monde. Toute cette contrée n'est qu'un riant jardin, d'autant plus agréable qu'il contraste avec l'âpreté du reste de l'île, composé d'un amas informe de rochers sillonnés par des ruisseaux de soufre.

La compagnie avec laquelle je me trouvais étant entrée dans une bourgade pour s'y rafraîchir, je continuai de me promener dans la campagne, et je suivis au hasard un ruisseau ombragé par des arbres qui m'étaient inconnus, mais dont je ne me lassais point d'admirer la hauteur et l'élégance. Différents sentiers s'offrirent à mes pas ; je m'engageai dans le plus riant, séduit par des beautés toujours nouvelles. Mille doux parfums embaumaient l'air ; mille fleurs que je voyais pour la première fois brillaient sur l'herbe, ou se suspendaient en guirlandes aux branches des arbres ; et parmi ces fleurs et ces arbres voltigeaient ces charmants oiseaux que nous nommons en France serins des Canaries. Hors de moi-même à ce magnifique spectacle, je perdis insensiblement le chemin de la bourgade ; et au plaisir que j'avais éprouvé d'abord succéda une juste inquiétude : déjà les beautés que j'admirais commençaient à faire place à des aspects plus sévères ; de sombres rochers percés de profondes cavernes s'élevaient devant moi ; je n'entendais plus le chant des oiseaux, je ne respirais plus le parfum des fleurs. Haletant de fatigue, saisi d'effroi, je courais au hasard de tous côtés, lorsqu'une voix frappa mon oreille. Mon premier mouvement fut d'y répondre ; et tandis que je demeurais suspendu entre la crainte et l'espérance, je vis accourir vers moi le jeune nègre de notre vaisseau.

— Où avez-vous été ? me dit-il, il y a trois heures que tout le monde vous cherche. Heureusement que je vous ai suivi des yeux lorsque vous vous êtes engagé le long du ruisseau ;

mais ce n'est pas sans peine que j'ai rencontré ce sentier, et que je l'ai choisi parmi tant d'autres, en étudiant avec soin tout ce qui pouvait m'offrir le plus léger indice de vos pas. Une autre fois n'ayez pas l'imprudence de vous écarter sans guide, si vous ne voulez vous exposer au hasard de demeurer à terre dans un lieu qui vous est inconnu : un étranger court dans cette île le danger d'être tué par les descendants des Guanches, s'il rencontre un de leurs sépulcres, car ce peuple le regarderait comme un profanateur.

Je remerciai vivement le nègre du zèle qu'il me témoignait, et je m'étonnais intérieurement de l'entendre s'exprimer en français avec une grâce et une aisance toutes particulières. Je le regardai plusieurs fois avec plus d'attention que je n'avais encore fait : je fus frappé de sa bonne mine; mais cela ne m'empêcha pas de lui demander assez étourdiment qui était son maître.

— C'est le vôtre! me répondit-il en souriant.

— Moi, repartis-je avec un peu de hauteur, je n'appartiens a personne.

— Vous vous trompez! me répliqua le jeune nègre, vous et moi nous sommes à Dieu.

Cette réponse, à laquelle je ne m'attendais pas, me rendit un peu confus. Le nègre s'apercevant de mon embarras, me demanda s'il n'était pas vrai que nous fussions tous soumis au Maître qu'il venait de me nommer.

— J'en conviens, lui repartis-je, mais cela n'empêche pas quelquefois qu'on en ait un autre; et les hommes de votre couleur ne viennent ordinairement parmi nous qu'après avoir perdu leur liberté.

— Je sais, continua-t-il avec un soupir, que ma race infortunée a tout à craindre de la vôtre, et que les blancs oublient trop souvent que les noirs sont aussi les enfants de Dieu; cependant je suis libre.

— En vérité! repris-je en lui tendant la main, je suis charmé de ce que vous dites. Si je l'avais su plus tôt, nous serions amis depuis longtemps, car vous avez des manières et des talents qui ne sont pas faits pour un esclave. Je suppose au contraire que vous êtes d'une condition distinguée, et que vous avez été élevé avec beaucoup de soins.

— Il ne tiendrait qu'à moi de vous le laisser croire, poursuivit le jeune nègre; mais quels que soient vos préjugés contre l'esclavage, je hais trop le mensonge pour ne pas vous avouer la vérité. Il est certain, au reste, que ma famille tenait un rang distingué dans un royaume de l'Afrique, et que mon père y a encore sans doute des parents puissants ; mais le jour de son mariage, comme il conduisait sa nouvelle épouse dans la ville capitale, au milieu d'un brillant cortége, une troupe ennemie fondit sur eux à l'improviste, dispersa les personnes qui l'accompagnaient, et s'empara du palanquin de la jeune épouse. Mon père aurait pu s'échapper; il ne put se résoudre à abandonner celle qu'il aimait, et suivit sa triste fortune. Emmenés l'un et l'autre chez un roi voisin, ils furent vendus à des Français avec lesquels ce roi entretenait quelque commerce. Ceux-ci les emmenèrent à l'Ile-de-France, où ils furent mis de nouveau en vente avec d'autres infortunés. Qu'on se figure le désespoir d'un homme qu'on arrache avec violence à son pays, à son rang, à ses habitudes, au moment qu'il entrevoyait mille douceurs dans la possession d'une jeune compagne, pour le livrer à des inconnus la plupart sans humanité, et qui achètent avec de l'or le droit de le tyranniser jusqu'à la fin de ses jours! Cette situation affreuse était celle de mon père. Abattu, humilié, il roulait dans son esprit les résolutions les plus funestes, et ne résistait au désir de recouvrer en mourant sa liberté, que parce qu'il ne pouvait inspirer à sa compagne les mêmes sentiments : plus faible, plus craintive, la pensée de la mort l'épouvantait encore plus que celle de

l'esclavage. Un colon se présenta pour acheter mon père; déjà
il se disposait à l'emmener, à le séparer pour jamais d'une
épouse pour l'amour de laquelle il avait perdu sa liberté, et
qui seule l'attachait encore à la vie. Cette femme si chérie
portait dans son pays le nom de Vhakiré, qui signifie *la lune*,
à cause de sa beauté qui était parfaite; comme on appelait
mon père Maguma, parce qu'il était d'une haute stature. Il se
jeta aux pieds du colon qui devenait son maître.

— Votre argent m'a fait votre esclave, lui dit-il, mais il ne
saurait m'empêcher de mourir et de vous échapper. Si vous
voulez m'obliger à supporter mon sort, tout horrible qu'il est,
achetez avec moi cette jeune femme qui est la mienne. L'amour
que nous nous portons peut seul nous donner le courage de
survivre à notre liberté.

Maguma savait trop peu de français pour être en état de
s'exprimer dans les termes que je vous rapporte; mais ses
gestes, ses regards, les pleurs qu'il versait en abondance,
trouvant dans celui auquel il s'adressait une sensibilité naturelle, servirent à le faire comprendre assez clairement. Le colon
acheta aussi Vhakiré, et s'acquit deux amis aussi tendres que
fidèles. Ses bons traitements leur adoucirent tellement le joug
de l'esclavage, qu'ils s'étonnaient de le supporter si facilement
et d'y pouvoir même goûter quelques douceurs. Ma naissance
leur apporta une nouvelle consolation; je naquis le même jour
qu'un fils de M. Pascal : c'était le nom de notre maître. Il avait
déjà un autre fils; toutefois ce dernier combla la joie de ses
parents, et ce jour-là une égale félicité régna dans la maison
du riche colon et dans la cabane du pauvre nègre, malgré la
différence de leur sort. Je devins l'ami, le compagnon du jeune
Pascal. Il ne pouvait se passer de moi; je ne pouvais rester
loin de lui. Nous contractâmes dans l'enfance, étrangère à
tous les préjugés, une amitié qui ne s'est jamais démentie.
Etudes et plaisirs, tout nous devint commun : et je dois à cette

intimité le peu d'instruction et de politesse que vous avez
remarquées en moi. Je lui appartenais exclusivement; son
père me donna à lui dès ma naissance, et mon cœur ne fut
jamais tenté de s'en plaindre. Cependant j'eus besoin de me
faire quelque violence pour le suivre en Europe, où son père
l'envoyait achever son éducation, ma tendresse pour mes
parents me rendant leur séparation cruelle. De leur côté, ils
répandirent des larmes amères. Hélas! j'étais le seul fruit de
leur hymen, leur unique consolation, l'espérance de leur
vieillesse, que le chagrin et les regrets du passé avançaient
rapidement avant l'âge.

CHAPITRE V.

Suite de l'histoire du jeune nègre. — Une tempête assaillit le vaisseau.

Le récit du jeune nègre, que j'écoutais avec bien de l'intérêt,
fut interrompu par la rencontre que nous fîmes des autres passagers qui me cherchaient. Après leur avoir fait mes excuses
de l'inquiétude que je leur avais causée, nous reprîmes tous
ensemble le chemin du vaisseau, en nous entretenant encore
des îles Canaries, conversation qui me touchait beaucoup
moins en ce moment que les aventures d'Hyacinte : c'était le
nom du jeune nègre. Je ne pus cependant m'empêcher d'é-
couter avec admiration ce qu'un de ces messieurs rapporta
d'un arbre de l'Ile-de-Fer, qui fournit de l'eau à toute la contrée, c'est-à-dire à peu près à huit mille âmes et à cent mille
bestiaux. Cet arbre, de la grosseur d'un chêne, est toujours
couvert de nuées qui se résolvent en pluie qui coule le long
des feuilles dans de vastes citernes qu'on a creusées au pied

de l'arbre. Des tuyaux de plomb conduisent cette eau dans un grand réservoir, d'où on la transporte dans les différentes parties de l'île. Ce bassin contient vingt mille tonneaux, et il suffit d'une nuit pour le remplir. Si ce récit n'est point exagéré, on ne saurait trop admirer les ressources de la nature, qui a disposé si utilement cet arbre dans un lieu dépourvu d'eau douce ; car on ne trouve qu'une seule fontaine à l'Ile-de-Fer, et elle est placée dans un endroit dont l'approche est extrêmement difficile.

A peine eûmes-nous remis à la voile que je cherchai l'occasion d'entretenir Hyacinte en liberté, pour qu'il m'achevât ses aventures. Nous avions pour cela plus de loisir qu'il ne nous en fallait ; il ne se fit pas presser, et continua de la sorte :

— Nous étions à Paris depuis un an, mon jeune maître et moi, lorsque son père, devenu infirme d'assez bonne heure, abandonna à son fils aîné la direction de ses biens. Cette nouvelle me donna de l'inquiétude. Je savais que Pascal l'aîné, loin d'avoir dans le caractère la douceur et la sensibilité de son père blâmait assez hautement son indulgence envers ses esclaves, et avait témoigné plus d'une fois son intention de se conduire différemment lorsqu'il serait maître à son tour. Poursuivi par mes craintes, je ne goûtais plus un moment de repos. Mes songes me représentaient les auteurs de mes jours accablés de travail, opprimés par d'injustes châtiments, et appelant sans cesse par leurs soupirs un fils qui partageât leurs fatigues et leurs chagrins. Mon maître, ou plutôt mon ami, touché de mes alarmes, écrivit à son frère pour lui recommander Maguma et son épouse ; mais les cœurs inhumains tiennent peu de compte des sentiments vertueux. Le vieux Pascal mourut ; son fils, devenu plus libre, ne garda plus de mesure envers personne. Des lettres de l'Ile-de-France nous apprirent qu'il passait pour le plus méchant des colons. Le jeune Pascal, à qui le séjour de la France convenait, ne voulut point retourner dans un pays où son plus proche parent montrait des inclinations si opposées aux siennes ; mais le premier usage qu'il fit de sa liberté fut de me rendre la mienne.

— Oui, mon cher Hyacinte, me dit-il en m'embrassant, je romps les liens d'un injuste esclavage : je te rends à toi-même, et ne veux plus avoir sur toi d'autres droits que ceux de l'amitié. Il y a longtemps que ce projet existe dans mon cœur ; et si quelque chose peut me consoler de la perte d'un père, c'est d'exécuter aujourd'hui ce dessein sans redouter aucunes contradictions.

— O mon cher maître ! lui répondis-je (car je vous regarderai toujours comme tel), si mon attachement pour vous était susceptible d'augmenter, cette conduite généreuse, qui couronne si dignement toutes vos bontés passées, lui donnerait le dernier degré où il puisse atteindre. Libre ou esclave, votre fidèle Hyacinte vous sera toujours soumis. Ce n'est donc pas assez de m'affranchir, il faut encore que vous me permettiez de perdre ce bien que je reçois de vous.

Pascal me demanda l'explication de ces paroles. Je lui dis alors que j'avais résolu d'aller m'offrir volontairement à son frère, et de le prier de me prendre pour son esclave à la place de mes parents.

— Ils sont languissants et vieillis par les chagrins, ajoutai-je ; je suis jeune et robuste : son intérêt le décidera, je l'espère, à m'accepter. Ceux qui m'ont donné la vie recouvreront cette liberté après laquelle ils soupirent depuis si longtemps ; et si je ne puis leur rendre tout ce qu'ils regrettent, j'aurai fait au moins pour eux tout ce qui dépendait de moi.

Mon jeune maître avait été trop bon fils pour ne pas approuver de pareils sentiments. Il s'en montra néanmoins plus touché qu'ils ne le méritaient, puisqu'ils étaient les plus simples et les plus naturels du monde. Il connaissait mieux que personne ce que je devais à mes chers parents, la vive tendresse qu'ils m'avaient toujours témoignée, les soins touchants qu'ils avaient pris de mon enfance, et ne devait pas attendre moins de ma piété filiale. Il consentit, non sans une véritable peine, à me laisser partir, et m'assura qu'il allait faire tous ses efforts pour entrer en arrangement avec son frère, d'une façon qui lui permît de devenir l'arbitre de notre bonheur à tous trois. Je me suis embarqué, rempli de cette douce espérance et du désir de terminer heureusement un voyage dont le but est de soulager les auteurs de mes jours. Vous voyez, par ce récit, que vous aviez également tort, et de me mépriser comme esclave, et de me croire d'un rang distingué. Je suis un homme victime de l'injustice de ses semblables, et qui ne mérite d'autre distinction que celle qu'on doit à la droiture des sentiments, dans quelque rang qu'elle se rencontre.

Hyacinte ne se doutait pas, en me racontant naïvement son histoire, qu'elle était pour moi un reproche. Il est vrai cependant que je ne pus m'empêcher d'être frappé de la différence qu'il y avait entre nous. Ce jeune nègre renonçait à l'aisance, aux agréments de la vie, à ses affections, à sa liberté même, pour remplir ses devoirs de fils ; moi j'abandonnais, par ambition, la meilleure et la plus tendre des mères, dont la santé chancelante devait naturellement me faire craindre de ne la plus revoir. Ces réflexions arrachèrent de mon cœur des soupirs douloureux, qui parurent étonner le jeune nègre ; mais comme je ne voulais pas lui découvrir ce qui les causait, je le quittai assez brusquement, après lui avoir exprimé d'une manière vague combien j'étais pénétré de ce que je venais d'entendre. J'allais me mettre dans mon hamac, afin de donner un libre cours à mes pensées, lorsqu'elles furent suspendues par un bruit effroyable, auquel se mêlait la voix du capitaine qui donnait des ordres avec beaucoup de véhémence. Je remontai sur le pont, où je trouvai tout le monde en alarmes, les yeux fixés sur un point noir qui accourait du bout de l'horizon et

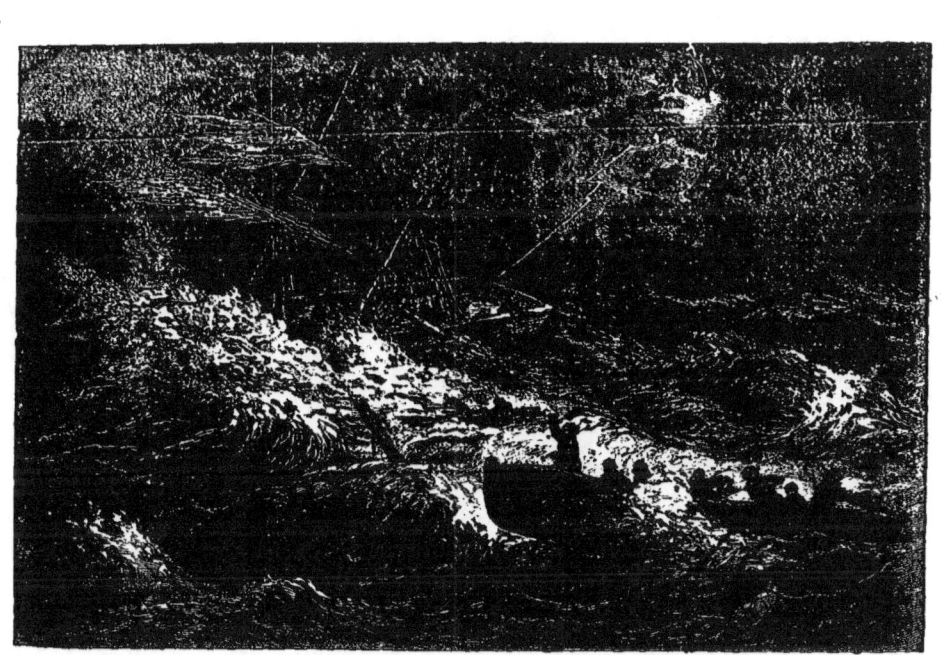

Il s'élance au milieu des flots et s'avance à la nage vers les canots (page 31)

traversait le ciel. Les vagues s'élevaient comme des montagnes. En un moment nous fûmes environnés d'un brouillard
sombre et épais qui bornait notre vue de toutes parts. Un
bruit affreux sortait du sein de la mer furieuse. Le brouillard
s'ouvrit tout à coup pour laisser passage à un vent si impé-
tueux, qu'aucun de nos matelots ne se souvenait d'en avoir
entendu de si terrible. Deux mâts furent brisés, et écrasèrent
dans leur chute le capitaine, et son fils le capitaine en second.
La tendresse paternelle et filiale fut cause de ce double malheur : ils périrent en voulant se secourir mutuellement. Une
autre secousse emporta la moitié du gouvernail et le reste des
agrès du vaisseau, qui devint le jouet des vagues et de l'ouragan. L'équipage, sans chef, sans espérance de salut, augmentait encore par sa confusion les horreurs d'une situation si
déplorable. Les plus expérimentés proposèrent cependant
d'abandonner le vaisseau, que le premier écueil ne pouvait
manquer de briser, et de gagner avec les chaloupes l'île Sainte-
Hélène, dont on ne se croyait pas éloigné. Cet avis fut suivi,
mais on l'exécuta avec si peu d'ordre et de mesure, que plusieurs tombèrent dans la mer; d'autres y furent précipités violemment, soit par haine, soit par la crainte que les chaloupes
ne se trouvassent trop chargées. Deux passagers, Hyacinte et
moi, après avoir fait d'inutiles efforts pour y trouver place,
constamment repoussés, nous demeurâmes sur le vaisseau,
sans que nos prières ni nos larmes pussent fléchir les barbares
qui nous y abandonnaient.

— O mon père ! ô ma mère ! s'écria Hyacinte avec l'accent
du désespoir, si je péris ici, quel sera votre sort !

Et aussitôt, bravant la fureur de la tempête, il s'élance au
milieu des flots et s'avance à la nage vers les canots qui le
fuyaient. Nous le vîmes lutter courageusement contre les
efforts de l'Océan; ses dangers et sa hardiesse nous faisaient
presque oublier nos propres périls. Il parvint à l'une des

embarcations, où il fut reçu avec transport, tant son action magnanime avait excité d'étonnement jusque dans le cœur de ces barbares. Mes deux compagnons, séduits par son exemple, se jetèrent aussi à la mer ; mais le temps qui s'était écoulé augmentait la difficulté de leur entreprise, parce que les chaloupes s'éloignaient toujours : ils disparurent dans les vagues; et mes yeux perdirent en même temps de vue les deux canots, mon unique espérance.

CHAPITRE VI.

Du nouvel ami que rencontra George dans son malheur.

Si le lecteur a pris quelque intérêt au commencement de cette histoire, et qu'il veuille me suivre dans les déplorables aventures qui m'arrivèrent dans une si tendre jeunesse, il se sentira ému de compassion en me voyant seul sur un vaisseau abandonné de son équipage et devenu le triste jouet de la tempête, qui menaçait à chaque instant de l'engloutir. Quand il eût été le meilleur voilier de France, et pourvu de tous ses agrès, mon ignorance et ma faiblesse n'en auraient su tirer aucun parti; mais le désordre qui y régnait, ses mâts brisés, ses voiles déchirées, ses cordages rompus, redoublaient encore mon effroi. Quelquefois, s'enfonçant entre deux vagues profondes, il paraissait descendre dans les abîmes de l'Océan, et le moment d'après, d'autres vagues le soulevant tout à coup, semblaient le porter dans les nuages. J'étais trempé par l'eau de la mer et celle de la pluie qui tombait par torrents. Quoiqu'il ne fût guère que quatre heures du soir, une obscurité effrayante, que des éclairs accompagnés de la foudre perçaient

par intervalles, régnait dans l'étendue du ciel. Un coup de
tonnerre plus terrible que tous les autres, me fit tomber évanoui dans l'entrepont, où je m'étais réfugié et mis en prières,
pensant bien être à mon dernier moment. Il y a apparence que
je demeurai longtemps dans cet état. En reprenant mes sens,
je n'entendis plus ni le vent ni le tonnerre, ni les mugissements des flots. J'eus d'abord l'idée que j'étais mort, et que je
me réveillais dans un autre monde; mais peu à peu je rappelai mes esprits, et ayant aperçu à travers les profondes ténèbres qui m'environnaient une clarté assez brillante, je me
dirigeai de ce côté. C'était un rayon de la lune qui passait par
l'ouverture de l'entrepont. Arrivé sur le tillac, je remarquai
avec une surprise mêlée de joie qu'une nuit calme et magnifique avait succédé à une soirée si orageuse : les flots apaisés
ne faisaient plus que caresser doucement les flancs du vaisseau, qu'un vent frais poussait dans une direction uniforme;
et le ciel, que j'avais vu chargé de nuages, sillonné par la
foudre, resplendissait alors du feu des astres les plus brillants.
Cette scène paisible et majestueuse, si propre à calmer l'agitation de mes sens, éleva vers le ciel mon âme reconnaissante.
Je voulus remercier Dieu; mais à peine eus-je ouvert la bouche que les réflexions les plus tristes arrêtèrent les paroles sur
mes lèvres.

— Insensé! me dis-je à moi-même, de quoi peux-tu rendre
grâce au ciel? Ton trépas n'est que différé; tu es toujours
dans le plus grand péril : le premier écueil va briser un bâtiment qui ne marche qu'au hasard; et quand il ferait heureusement le tour du monde sans en rencontrer, sais-tu si les
barbares qui t'ont abandonné t'auront laissé de quoi éviter de
mourir de faim?

Cette réflexion était d'autant plus naturelle que j'avais vu
jeter à la mer des tonneaux qu'on disait remplis de provisions,
pour alléger le vaisseau, et que l'équipage en avait embarqué

d'autres dans les chaloupes. Néanmoins son amertume ne devait point arrêter mon élan vers le ciel : chaque bienfait mérite une action de grâce; et les dangers qui me menaçaient encore n'empêchaient point que je ne dusse sentir de la reconnaissance pour ceux auxquels je venais d'échapper. L'espérance cependant, cette fidèle compagne des infortunés, ne tarda point à rentrer dans mon cœur. Je me flattai que peut-être je serais rencontré dans ma route par quelque vaisseau qui me recueillerait et me ramènerait dans ma patrie; et comme la jeunesse passe facilement de l'excès de la crainte à l'excès de la confiance, j'embrassai cette consolation avec tant de passion qu'il me sembla que j'étais déjà délivré. Elle me rendit assez de force et de courage pour chercher des vivres, dont j'avais un pressant besoin; et lorsque j'eus apaisé ma faim, je songeai à changer d'habits, car les miens étaient fort humides. Mais il n'y avait rien de sec dans le vaisseau; je me trouvai contraint de demeurer tel que j'étais, n'ayant d'autre ressource pour combattre le froid qui me saisissait, que de me promener sur le tillac le reste de la nuit. Elle se dissipa enfin, et le soleil parut dans toute sa pompe au milieu d'un ciel sans nuage; sa chaleur bienfaisante me ranima. Jamais je n'avais si bien compris la puissance de cet astre, et la bonté de celui qui le fait lever chaque jour sur la nature.

— O mon Dieu! m'écriai-je baigné des pleurs de la reconnaissance et de l'amour, comment désespérerais-je de mon sort, puisque je suis entre tes mains? Ce doux rayon du soleil que tu m'envoies dans ma détresse m'est un gage assuré que tu ne m'abandonneras pas : non, je ne suis pas seul, ta bonté m'avertit de ta présence.

Ma prière fut longue; je ne me souviens plus de tout ce que j'ajoutai à ces paroles, mais je me rappelle parfaitement que les expressions se présentaient avec abondance, et que mon cœur, plein de la plus tendre émotion, pouvait à peine suffire à ce qu'il éprouvait. Le soleil devint si chaud que mes habits furent promptement secs et que je fus contraint de me mettre à l'abri de ses rayons ; je fis sécher aussi des matelas et des couvertures, afin de pouvoir me coucher la nuit prochaine. Maître absolu du bâtiment, je résolus de me loger dans la chambre du capitaine, qui se trouvait la plus commode ; et j'étais près d'y entrer pour en prendre possession, lorsque j'entendis du bruit en dedans de cette chambre. Persuadé que j'étais seul dans le vaisseau, ce bruit me parut une chose surnaturelle, et me causa un tel effroi que je remontai à la hâte sur le pont avec un battement de cœur qui me faisait perdre la respiration. Je demeurai plus d'une heure dans cet état, les yeux fixés sur l'écoutille, m'attendant à voir paraître à chaque instant l'objet de mon épouvante, auquel mon imagination en travail prêtait les formes les plus bizarres. A la fin, n'apercevant rien, ma terreur se calma d'elle-même ; je commençai à me défier de mon oreille, et je repris assez de courage pour retourner à la fatale porte. Le même bruit se répéta, et cette fois il me sembla que des gémissements s'y mêlaient ; je m'enfuis une seconde fois, aussi tremblant que la première ; mais je ne tardai point à me reprocher cette pusillanimité, et à me représenter à moi-même le peu de fondement de mes alarmes.

— Ne suis-je pas déjà assez malheureux, me dis-je intérieurement, sans ajouter encore à mes maux les angoisses de la peur ? ne m'a-t-on pas appris dès mon enfance à mépriser les superstitions et les frayeurs ridicules ? qu'ai-je à redouter ici ? Dieu qui m'a préservé des fureurs de la tempête, a-t-il besoin d'un prodige pour se défaire de moi ? Peut-être ne suis-je pas seul dans ce vaisseau, comme je l'ai cru d'abord : un autre peut avoir été oublié dans cette chambre où il périra faute de secours ; et plût au ciel qu'un compagnon d'infortune vînt m'aider à supporter la mienne ! quel qu'il fût, un homme, dans de si tristes circonstances, ne peut devenir pour moi qu'un sujet de consolation.

Rassuré par ces réflexions, je descendis pour la troisième fois dans l'entrepont. J'entendis alors distinctement des gémissements partir de la chambre du capitaine. Je demandai à haute voix s'il y avait là quelqu'un ; on ne me répondit que par les mêmes gémissements. J'ouvris enfin la porte, non sans frissonner de crainte..... Un petit chien sauta sur moi avec tous les transports de la joie la plus vive ; c'était celui du pauvre capitaine. Sa vue et ses caresses me surprirent d'autant plus agréablement que mes appréhensions avaient été violentes. A peine fut-il en liberté qu'il chercha son maître par tout le vaisseau ; et ne le trouvant point, ni aucune personne vivante, il vint en soupirant se coucher à mes pieds, en attachant sur moi des regards qui me pénétrèrent. La sensibilité s'augmente dans les infortunes extraordinaires : ce qui mériterait à peine l'attention d'un homme heureux, remue profondément le cœur de celui qui souffre ; aussi ne pus-je refuser quelques larmes à la fidélité d'Azor ; et à la manière dont il semblait me dire : « Sois mon maître puisque j'ai perdu le mien ! » je le caressai, et je lui répondis comme s'il avait pu m'entendre :

— Oui, je t'aimerai et je te protégerai jusqu'à mon dernier soupir : quoique tu ne sois qu'un animal, la nature t'a donné des qualités qui te rendent précieux à l'homme ; et c'est beaucoup, dans la situation où je suis, d'avoir rencontré un être susceptible de s'attacher à moi.

J'éprouvai encore mieux par la suite la vérité de ces paroles, lorsque, séparé du reste de l'univers, sans espérance de me retrouver jamais au milieu de mes semblables, mon chien devint mon unique société. Au moment où j'écris ceci, le fidèle Azor est encore couché à mes pieds. Vieux et infirme, il a perdu les grâces et l'agilité de sa jeunesse, mais son cœur est toujours le même.

Nous déjeunâmes ensemble avec une confiance et une

amitié réciproques. La rencontre d'Azor me fit penser à des poules qu'on nourrissait vivantes dans une cage : il en restait encore quatre, les autres avaient péri pendant la tempête ; je jetai celles-ci à la mer, et je donnai aux autres de la nourriture, trouvant quelque douceur à conserver autour de moi des êtres animés. J'étalai ensuite au soleil les matelas, les couvertures et les vêtements que je trouvai dans la chambre du capitaine, et je passai le reste du jour à fureter de tous côtés pour reconnaître mes richesses, puisque tout ce qu'il y avait dans le navire m'appartenait.

CHAPITRE VII.

Comment se termina la navigation aventureuse de notre héros.

Cette nuit, sur laquelle j'avais compté pour réparer mes forces, ne fut pas aussi bonne que je m'en étais flatté, malgré mon extrême fatigue, le besoin que j'avais de sommeil, et mes précautions pour être couché commodément. A peine eus-je la tête posée sur l'oreiller, que mille réflexions inquiétantes, qui semblaient m'y attendre, se présentèrent à mon esprit. Ma position, la plus extraordinaire qui fut jamais, ne les justifiait que trop. Cette question, où vais-je? me glaçait d'épouvante. Je ne pouvais chasser de mon imagination ce malheureux vaisseau, suivant au hasard les vents et les courants de la mer à travers une immensité sans bornes, et je le voyais sans cesse près de se briser contre des écueils. Au lieu de m'endormir, je me mis à verser des larmes et à pousser de tristes gémissements, jusqu'à ce que l'espérance que ma religion m'ordonnait de mettre en Dieu, vint ranimer encore une fois mon esprit abattu. Je me reprochai de trop négliger cette pensée consolante : je me dis que tout dépendant de la volonté du ciel, et notre sort étant entre ses mains, je devais me regarder comme aussi en sûreté dans ce vaisseau que sur la terre, puisqu'enfin il ne m'arriverait que ce que la Providence avait décidé de moi. J'adressai à Dieu une prière pleine de confiance et de résignation, et je m'endormis enfin d'un profond sommeil.

Le jour suivant, la mer devint si calme que le navire, dépourvu de tout ce qui servait à le faire avancer, demeura immobile. Ce nouvel incident me désespéra : s'il me préservait des rencontres fâcheuses, il pouvait aussi m'en faire manquer de favorables ; et le pire d'une situation comme la mienne était de la voir se prolonger. Il fallut néanmoins prendre patience et se soumettre à la nécessité. Je cherchai à me distraire de ce nouveau contre-temps en visitant la cargaison du vaisseau. Je trouvai quantité de pièces de draps des plus belles fabriques de France, des toiles peintes, des toiles goudronnées, des barils remplis de plomb, du fer, et beaucoup d'ouvrages de verroterie et de clincaillerie, qui me parurent bien vains et bien puérils. J'ignorais alors que ces brillantes futilités jouent dans les voyages un rôle plus important que l'or : c'est par elles que les navigateurs séduisent les nations sauvages : un hochet a décidé plus d'une fois du sort d'un vaste pays, et la liberté d'un pauvre nègre s'achète avec des bagatelles faites pour amuser les enfants des Européens. L'examen de toutes ces marchandises, solidement emballées, ne fut pas pour moi l'affaire d'un jour : cette occupation me donnait d'ailleurs une distraction agréable, que j'étais bien aise de ménager ; je trouvai aussi des provisions, du grain pour la volaille, des outils de diverses professions, et une caisse remplie de livres. Je ne fis pas d'abord beaucoup d'estime de cette dernière, ne me souciant guère des aventures des autres, tandis que je me trouvais moi-même si préoccupé des miennes, et n'imaginant pas qu'elles pussent m'être d'aucune utilité si j'avais le bonheur de sortir du vaisseau sain et sauf. On verra par la suite combien je me trompais, et quelle inappréciable ressource je rencontrai dans ces livres.

Le calme qui m'arrêtait dura huit jours entiers, pendant lesquels aucun nuage ne s'éleva sur l'horizon. Le ciel était de la plus parfaite sérénité; la splendeur du soleil était si éblouissante que je ne pouvais la supporter; mais comme il m'importait extrêmement de me tenir toujours à la découverte, je me construisis sur le pont une espèce de dais ou de parasol en toile peinte qui me défendait contre l'ardeur du jour. Là, assis, une lunette à la main, sur des draps fins et moelleux mon fidèle Azor couché à mes pieds, je cherchais dans l'étendue des mers un vaisseau libérateur. Hélas! je le cherchais vainement! mes yeux n'apercevaient qu'un océan sans bornes se confondant à l'horizon avec un ciel sans limites. Enfin, au bout de huit jours, le vent souffla avec assez de force pour chasser le navire démâté, et le moment où je m'en aperçus m'arracha un cri de joie, tant ce calme désespérant m'avait découragé; il me semblait qu'en avançant toujours je ne pouvais manquer de trouver le moment de ma délivrance. Je m'imaginai aussi de mettre la nuit un fanal allumé dans l'endroit le plus apparent, afin d'être aperçu, malgré les ténèbres, si je passais dans le voisinage de quelque bâtiment; je me reprochai même de n'avoir pas eu plus tôt cette prévoyance, mais la crainte de m'incendier moi-même m'avait empêché jusque-là de faire usage du feu. De si sages précautions devaient naturellement me faire espérer une heureuse issue; cependant elles n'aboutirent à rien : il fallait que je subisse ma destinée.

Je naviguais ainsi depuis seize jours, sans avoir vu autre chose que le ciel et la mer, lorsque je remarquai que j'étais entraîné par un courant qui m'emportait avec tant de vitesse, que le plus petit rocher qui se serait trouvé dans sa direction aurait suffi pour mettre le navire en pièces. Mon inquiétude était extrême, et ma perte me parut inévitable à l'aspect de quelques rochers à fleur d'eau que j'aperçus à peu de distance, et que j'eus dépassés en un clin d'œil, mais qui me donnèrent naturellement l'appréhension d'en rencontrer d'autres dans le courant. Quoique je n'eusse aucune expérience de la mer, je l'avais assez observée, depuis mon départ, pour savoir que s'il s'élevait un vent contraire à ce courant qui m'entraînait d'une manière si rapide, cette lutte occasionnerait infailliblement une tempête capable de submerger le vaisseau. Ainsi j'étais tourmenté également par mon ignorance et mes lumières.

La nuit survint sur ces entrefaites; elle était fort obscure, n'y ayant point de clair de lune. Dès que je ne pus plus rien découvrir, mon imagination me représenta la mer couverte d'écueils. J'étais comme une victime sous le couteau fatal; j'élevais incessamment vers le ciel des yeux inondés de pleurs et des mains suppliantes, priant sans savoir ce que je disais, tant mes esprits étaient troublés, et prononçant quelquefois le nom de ma mère, comme si je l'eusse appelée à mon secours. Tout à coup une rude secousse, accompagnée d'un horrible craquement, me fit tomber de ma hauteur; je jetai un grand cri et perdis connaissance, en recommandant mon âme à Dieu.

CHAPITRE VIII.

En quel lieu aborda le vaisseau de George Hernilis.

Le jour commençait à paraître, lorsque j'ouvris les yeux et que je me retrouvai étendu sur le tillac, si faible et si abattu que je demeurai quelque temps sans pouvoir me soulever. Enfin mes forces se ranimant, je pus regarder autour de moi. Qu'on juge de ma surprise en voyant que mon vaisseau n'était plus au milieu des vagues, mais sur la terre ferme, assez loin de la mer. J'étais prêt à regarder cet événement comme un miracle, quand un examen plus attentif me fit reconnaître que le navire s'était enfoncé dans un banc de sable qui formait le rivage d'une terre, ou qui n'était plutôt qu'un prolongement de celle-ci, car de quelque côté que je portasse mes regards, je n'apercevais qu'un sable aride parsemé de quelques arbres plus verts et plus vigoureux que ne le permettait la nature du terrain. La marée, en se retirant, avait laissé à sec le corps du navire.

L'aspect de cette terre, tout rebutant qu'il était, me causa des transports de joie que le lecteur n'aura pas de peine à comprendre, si je suis parvenu à lui donner une juste idée des longues angoisses dont je sortais. Je mangeai à la hâte quelques morceaux de biscuit; et m'empressant de descendre à l'aide d'une échelle de corde, je courus embrasser en pleurant le premier arbre que je rencontrai, et tomber à genoux sous son ombrage, en bénissant le ciel de ma délivrance. Puis, comme un enfant sans prévoyance, je me mis à courir de tous côtés pour reconnaître le pays, dévorant des yeux l'espace que mes pieds ne pouvaient atteindre. Je brûlais surtout de découvrir des habitations et des hommes; mais dans toutes mes courses, je ne vis rien qui pût seulement m'en faire soupçonner; et l'uniformité de cette côte sablonneuse, semblable aux descriptions que j'avais lues des déserts de l'Afrique, et aussi solitaire qu'eux, ne me laissait pas beaucoup d'espérance. La fatigue et la faim m'obligèrent à revenir au vaisseau, dont je retrouvai facilement la route en suivant mes traces empreintes sur le sable. Un nouveau sujet de crainte et de désespoir me saisit en apercevant que la marée montante avait recouvert le banc de sable, qu'elle s'étendait fort loin, et que le chemin du vaisseau m'était absolument fermé. Je n'ignorais pas au reste, que la mer se retirerait de nouveau, mais j'avais lieu de redouter que le mouvement des flots n'arrachât le navire de sa place et ne l'emmenât avec toutes ses provisions, qui m'étaient si nécessaires. Je m'accusai amèrement d'imprévoyance, et d'être moi-même l'artisan de mes maux. Quelques livres de pain et une bouteille d'eau m'auraient paru préférables à un trésor, dans un lieu où je ne pouvais satisfaire ni ma faim ni ma soif. Azor, en proie aux mêmes besoins, cherchait inutilement de tous côtés, tandis que, les yeux attachés sur le navire d'où dépendait notre existence, je frémissais de le voir disparaître. Il était enfoncé trop fortement dans le sable, pour que ce malheur arrivât par un temps calme; mais je l'ignorais, et mes craintes étaient naturelles.

A peine la mer se fut-elle retirée, que j'en profitai pour retourner à bord, où, après avoir rassasié ma faim et celle du pauvre Azor, je remplis un sac de biscuits et l'emportai à terre, moitié sur mes épaules et moitié le traînant après moi. Je mis ensuite de l'eau dans des vases de terre; ne pouvant descendre seul les barriques qui la contenaient, je les coulai hors du navire avec une corde, comme on coule un seau dans un puits. Ce ne fut pas sans d'étranges peines que je parvins à mettre en sûreté ces premières nécessités de la vie : quelque diligence que je fisse, je ne pus même trouver le temps d'emporter aussi quelques pièces d'étoffes pour m'envelopper pendant la nuit, que j'étais obligé de passer en plein air, ne pouvant me résoudre à demeurer dans le vaisseau à la merci des vagues. Je me trouvais à cet heureux âge où quelques moments de satisfaction font oublier aisément de longues souffrances, et où le cœur se livre sans mesure aux premières émotions qui s'emparent de lui. Dans la joie que j'éprouvais d'être à terre, je daignais à peine m'inquiéter du reste. Mon sac de biscuits et mes cruches d'eau me paraissaient plus que suffisantes pour attendre que j'eusse découvert les habitants de ce pays, car je ne doutais pas qu'il y en eût, et je me promettais de ne rien négliger pour m'en rapprocher. Je trouvais fort naturel qu'ils eussent laissé déserte une plage aussi ingrate que celle où j'avais abordé, puisqu'elle manquait d'eau et paraissait stérile ; et si je n'avais aperçu aucune maison, j'en concluais que leurs établissements se trouvaient à une grande distance de la côte.

Je passai une excellente nuit au pied d'un arbre, où je m'étais arrangé de mon mieux, sans trop me soucier de mon vaisseau, quoique je regrettasse beaucoup de choses qui s'y trouvaient, et entre autres mes quatre poules, qu'il m'avait été impossible d'emporter ; mais celui qui sauve son corps de la tempête se console aisément d'y avoir perdu ses habits. Je goûtais sans mélange la joie d'être enfin échappé à une navigation si périlleuse. Le lendemain, à la marée descendante, je vis le navire tellement enfoncé dans le sable, que sa position inclinée facilitait singulièrement les efforts que j'avais besoin de faire pour le vider de sa cargaison. Je me consultais pour savoir si je prendrais cette peine, ou si je me mettrais en route pour chercher des habitations, lorsqu'il me vint tout à coup dans l'esprit que cette terre était peut-être une île inhabitée.

Cette idée me parut si pénible que je la repoussai d'abord comme extravagante ; mais plus je tâchais de l'écarter, plus elle revenait avec force, accompagnée des raisons les plus propres à me désespérer. Je me rappelai en même temps l'histoire de plusieurs naufragés que j'avais lue dans la bibliothèque de mon père, et ma consternation devint à son comble.

— Serais-je donc réservé à toutes les infortunes ! m'écriai-je avec douleur, et se peut-il que je supporte à mon âge des revers dont les marins les plus expérimentés auraient peine à se sortir ? Quelle apparence que je puisse vivre seul dans un désert, ne sachant comment pourvoir à mon existence, ni comment la défendre contre les animaux dangereux qui peuvent la menacer ? Si tel était mon sort, il vaudrait infiniment mieux que je me fusse noyé dans la mer. Ah ! espérons plutôt que le ciel, qui a pris jusqu'ici compassion de ma jeunesse, ne m'abandonnera pas plus sur la terre que sur les eaux, et que la triste solitude qui m'environne ne sera pas de longue durée !

J'ignorais, en raisonnant de la sorte, que ce ciel que j'invoquais a plusieurs manières de venir au secours de ses créatures, et que lorsqu'il n'a pas résolu dans sa sagesse de leur épargner les maux qu'ils redoutent, il leur inspire du moins le courage de les supporter. Aussi, malgré l'espoir que je nourrissais de me retrouver bientôt parmi des hommes, je résolus de ne pas perdre un moment que je n'eusse transporté à terre tout ce que je pouvais tirer du vaisseau, projet louable, dont j'ai depuis apprécié l'utilité, et qui ne me venait sans doute à mon âge que par une inspiration secrète de la Providence. Comme il n'y avait aux environs aucun lieu qui pût me servir de retraite, je pris le parti de me loger sous une tente, à la manière des Arabes ; et pour la rendre plus solide, je l'attachai de mon mieux à trois arbres, assez bien disposés, qui

croissaient à une portée de fusil du rivage. Ma demeure se
trouva si petite que je ne pouvais y respirer sans être obligé de
lui laisser une ouverture qui me forçait alors d'y être comme
en plein air. Je fus contraint de me servir de morceaux de
mâts rompus, en guise de pieux, pour soutenir la toile dans
les endroits hors de la portée des arbres. Les outils et les ma-
tériaux ne me manquaient point, mais j'eus toutes les peines
du monde à maintenir mes pieux dans le sable mouvant ; j'y
renonçai même plusieurs fois, et ne repris courage qu'à force
d'incommodité. La nécessité est, disent les poëtes, la mère de
l'invention ; mes aventures en seront souvent la preuve. Dans
l'occasion dont il s'agit, je remarquai que le sable humide
ayant assez de consistance pour retenir le corps du vaisseau,
je devais employer le même moyen dans la plantation de mes
pieux. Je n'étais pas assez imprudent pour y sacrifier mon
eau douce : il fallut transporter dans des vases celle de la
mer, expédient qui me réussit à merveille, mais qui me coûta
beaucoup de temps et de fatigue. J'eus besoin, pour en venir
à bout, de quinze jours de persévérance. A cette époque je me
trouvais pour habitation une jolie tente en toile peinte ; car
au lieu de la couvrir d'une voile goudronnée, qui aurait été
bien plus solide, je choisis au contraire, avec recherche, tout
ce que je pus trouver de plus magnifique dans les ballots de la
cargaison : ce dont, au reste, je ne manquai pas de me repentir par la suite. Cette tente représentait la figure d'un carré
long, d'environ trois mètres sur deux, dont le fond se terminait en demi-cercle, à cause des trois arbres ses premiers
appuis. Le feuillage de ces arbres, en la défendant contre
l'ardeur du soleil, lui prêtait une ombre et une fraîcheur
délicieuses. L'ouverture, fermée par une simple draperie flot-
tante, était tournée du côté de la mer, et m'offrait une pers-
pective majestueuse. Je fus si charmé de ce petit palais, ouvrage de mon industrie, que je m'amusai à l'embellir en

dehors et en dedans de franges, de glands et d'autres colifichets dont on orne les meubles, et que je disposais avec plus de bizarrerie que de goût.

Le lecteur s'étonnera sans doute de me voir passer à de vaines décorations un temps que j'aurais dû employer plus utilement; mais je le prie de ne pas perdre de vue ma grande jeunesse. Il faut peu de chose pour distraire un homme de quinze ans; et le plaisir que je prenais à conduire mon ouvrage à sa perfection, me faisait oublier et le projet de mon voyage, et l'inconvenance du lieu que j'avais choisi. Je ne fus pas longtemps à me blâmer moi-même, lorsqu'allant chercher de l'eau au vaisseau, qui m'avait jusqu'alors servi de fontaine, je n'en trouvai plus une seule goutte : le dernier tonneau sur lequel je comptais avait laissé échapper toute celle qu'il contenait. Je déplorai ma folle imprévoyance de ne m'être pas attaché premièrement à chercher une source, puisqu'il est impossible de vivre dans un lieu dépourvu d'eau. Je laissai donc là mes frivoles occupations, et après avoir distribué à mes poules de la nourriture et de l'eau (car il m'en restait encore une cruche), je partis avec Azor, chargé d'une carnassière garnie de provisions, un grand couteau à ma ceinture et un bâton de voyageur à la main. Je marchai tout un jour sans rencontrer autre chose qu'un sable aride. Le jour suivant, quelques arbres se montrèrent, plusieurs même étaient chargés de fruits; mais je n'osai point y goûter, de peur qu'ils ne fussent des poisons. Insensiblement, la campagne devint verte et riante; et le troisième jour de mon départ, je me trouvai sur le bord d'une vaste nappe d'eau que je pris d'abord pour un bras de mer, mais que je reconnus ensuite pour un lac ou une rivière d'eau douce. Plus tard, je me suis convaincu que c'était un superbe lac, placé à peu près au centre de l'île comme un immense réservoir, dont la fraîcheur entretient autour de lui une riche végétation, tandis qu'au-delà tout est sec et stérile.

Je n'imaginai pas néanmoins en ce moment que ce pays fût une île ; et quoique je n'eusse aperçu depuis trois jours ni hommes ni maisons, je m'obstinai à croire qu'il y en avait : je me persuadai même que je découvrais de la fumée de l'autre côté du lac, qui avait plus d'une lieue de largeur, soit que ce ne fût qu'une illusion produite par la vivacité de mes désirs, soit que je prisse pour de la fumée de légers brouillards qui s'élèvent le soir dans les vallons.

CHAPITRE IX.

George prend lecture de la lettre de sa mère.

Un enfoncement au pied de quelques rochers tapissés de mousses et d'arbustes rampants me servit de retraite pendant la nuit, que je passai sur les bords du lac. Réveillé par le ramage d'une foule d'oiseaux, je demeurai presque en extase à la vue du charmant spectacle qui se déployait devant moi. La fraîcheur de la nuit avait ranimé la nature, flétrie par l'extrême chaleur du jour précédent ; et l'on ne saurait imaginer de plus beaux paysages que les alentours de ce lac. Des bocages composés d'arbres qui tous m'étaient étrangers, les uns encore jeunes et faibles, les autres dans toute leur vigueur, les autres secs et rongés de vieillesse, et cachant leur décrépitude sous des ornements étrangers, couronnaient le front des collines, ou descendaient mollement jusque sur le bord des eaux qui leur servaient de miroir. Le plumage des oiseaux, peint des plus vives couleurs, était relevé par la verdure du feuillage, et l'orsqu'ils se reposaient sur les branches, on les eût pris pour les fleurs de ces beaux arbres. Celles-ci, au reste, ne se cédaient point aux oiseaux pour la richesse du coloris, et je ne me lassais point d'admirer les longues guirlandes bleues, roses ou lilas que suspendent aux branches voisines une foule de plantes sarmenteuses. J'étais plus sensible aux beautés de de la nature qu'on ne l'est ordinairement à l'âge que j'avais alors ; et c'est à ma mère que je devais ce précieux avantage. Fatiguée de bonne heure par une santé délicate qui l'éloignait du commerce et de la société, elle avait toujours passé à la campagne la plus grande partie de son temps. Elle s'y tenait surtout dans le printemps pour prendre le lait. Les grâces de cette saison touchaient vivement son cœur ; elle se plaisait à attirer sur elles l'attention de sa jeune famille, persuadée qu'on ne peut aimer et admirer la nature, sans se pénétrer en même temps de la bienfaisance de son Auteur. Soit que j'eusse plus d'intelligence que les autres, soit qu'une secrète conformité nous unît plus intimement, j'étais celui qui paraissait le mieux comprendre les sentiments que ma mère éprouvait à l'aspect d'un beau jour ou d'une soirée majestueuse ; aussi ne négligeait-elle aucune occasion de réveiller mon attention à ce sujet. On ne sera pas surpris d'après cela, qu'un enfant qui admira si souvent les campagnes les moins pittoresques de l'Europe, et qui, depuis l'île de Ténériffe, n'avait eu sous les yeux que l'aspect uniforme ou menaçant de la mer, ouvrît son âme aux plus doux transports, à la vue d'une nature ornée de toutes les grâces, de toutes les richesses de la création. Cette belle solitude, où nul autre que moi n'avait peut-être encore pénétré, ces oiseaux qui saluaient la naissance du jour, ce lac paisible, réfléchissant un ciel serein et des rivages enchanteurs, disposèrent mon âme à la prière, car c'est toujours à Dieu que les joies innocentes nous ramènent ; et j'ose croire que jamais une piété plus tendre ne rendit plus digne du ciel les hommages d'une faible créature.

Je demandai au céleste Auteur de l'univers de prêter une oreille attentive à une voix qui s'élevait du milieu du désert pour le louer de tant de bienfaits qu'il y avait répandus.

— La vue de tes magnifiques ouvrages, lui disais-je, est déjà une consolation pour les infortunés, et je ne puis admirer tant de beautés éparses, dans un lieu où il ne paraît habiter que des oiseaux, sans me tranquilliser sur mon sort, puisque j'ai raison d'espérer que tu feras pour moi beaucoup plus que pour eux.

On voit que je n'étais pas si ferme dans les idées que j'ai déjà fait connaître, que ce pays était habité, qu'il ne m'en vînt en même temps de contraires : on me verra, au reste, flotter plus d'une fois entre elles, m'abandonner à l'espérance et me décourager tour-à-tour. Dans le moment où je faisais cette prière, des réflexions tendres et mélancoliques s'emparèrent de moi : je me représentai les vives inquiétudes de ma mère, attendant inutilement de mes nouvelles, et le désespoir qu'elle ferait succéder à ces inquiétudes lorsqu'elle apprendrait le naufrage du vaisseau qui me portait. Sa délicatesse me faisait craindre qu'elle ne succombât à ses chagrins, et que je ne la retrouvasse plus dans le monde quand je serais parvenu à y rentrer moi-même ; je me la représentai sur son lit de douleur, entourée de ses autres enfants, qui ne la consolaient pas de ma perte.

— O misérable ambition ! m'écriai-je en frappant la terre du pied, pourquoi m'arrachais-tu des bras de cette mère trop tendre ! que sont devenues les promesses par lesquelles tu me séduisais ! Insensé ! ne suis-je pas puni avec justice de mon opiniâtreté ? Mais quoi ! ne la reverrai-je plus ? n'entendrai-je plus sa voix si douce, si caressante ? Ah ! du moins, donnons à mes yeux la douceur de voir encore une fois des caractères de sa main : lisons cette lettre qu'elle écrivit pour son frère ; elle a échappé au naufrage, elle sera pour moi un trésor.

Cette lettre, que j'avais sur moi, et que dans ma situation je ne me fis aucun scrupule de décacheter, était conçue mot pour mot en ces termes :

« Mon cher Frère,

» Il faudrait être à la fois mère et sœur comme je le suis, pour se faire une juste idée de ce que j'ai ressenti à la lecture de votre lettre : mes yeux, inondés des larmes de la reconnaissance et de la joie, se sont reposés sur mes cinq enfants avec une douceur que je n'avais point éprouvée depuis la mort de mon pauvre mari ; et cette consolation si puissante recevait encore plus de force de la pensée que c'est à l'amitié d'un frère chéri que je la dois.

» Je vous l'avouerai, mon cher Albin, le mécontentement que vous me laissâtes voir à l'époque de mon mariage, et le silence que vous avez gardé depuis, me faisaient peu compter sur vos sentiments. Si vous eussiez mieux connu mon mari, vous conviendriez qu'à la fortune près, je ne pouvais faire un meilleur choix. Il m'avait préférée à un riche héritage ; il a fait mon bonheur pendant dix-huit ans ; et les nombreux amis que sa mémoire conserve encore sont le plus bel éloge de sa vertu. C'est à l'estime qu'il inspirait que je dois les secours que j'ai reçus au commencement de mon veuvage, comme vous avez pu le savoir par la lettre de votre neveu ; mais quelque flatteuses que soient ces marques d'intérêt, elles sont toujours pénibles aux âmes délicates : elles devaient d'ailleurs avoir un terme, et ne faisaient que suspendre mes inquiétudes pour ma famille. Grâce au ciel et à vous, mon cher frère, je puis désormais vivre tranquille, et assurer un sort à mes enfants en donnant à chacun l'occasion de mettre à profit les dispositions qu'il a reçues de la nature. Ils ont été élevés dans la simplicité ; quoique mon mari fût d'une bonne famille, la médiocrité de sa fortune et le goût qu'il avait pour l'indépendance lui avaient fait prendre le parti de se contenter d'une profession aussi utile que modeste : il était maître d'école ; et la manière dont il s'acquittait de cet emploi fait bien voir qu'il n'y a pas de condition que la vertu ne relève et n'ennoblisse. Mais s'il lui a procuré de l'honneur, il l'a toujours laissé aussi dans une situation voisine de l'indigence, dont il a profité du moins pour inspirer à ses enfants l'amour du travail et le goût d'une vie simple.

» La situation où je me suis trouvée depuis la perte de ce digne époux ne m'aurait point permis d'élever ma famille dans d'autres sentiments, quand j'y aurais été portée d'inclination. Je me flatte toutefois que vous vous souvenez assez de mon caractère pour me rendre à cet égard la justice que je mérite, et vous assurer que je n'ai pas besoin, pour suivre mes devoirs, d'y être contraint par la mauvaise fortune. Mes enfants n'ont donc qu'à continuer de marcher comme ils ont fait jusqu'à présent, pour se trouver toujours dans la bonne voie et se procurer des jours heureux.

» Il est bien juste, mon cher frère, lorsque je vous dois la tranquillité de mes jours, que je fasse de mon côté tout ce qui est le plus capable de vous prouver ma reconnaissance; et comme une mère n'a rien de plus cher que son enfant, je pense m'acquitter envers vous en vous envoyant mon fils aîné, selon votre désir. Ne vous arrêtez pas aux larmes dont vous verrez peut-être la trace sur ce papier : elles s'échappent naturellement de mes yeux au moment où je vous annonce une résolution si difficile à prendre lorsqu'on est mère ; mais je ne l'en exécuterai pas avec moins de courage, persuadée que vous servirez de père à mon fils, et que je ne m'en sépare que pour son bonheur : je me tourmente même beaucoup moins du regret de vivre loin de lui, que des périls où il faut qu'il s'expose pour vous rejoindre. Hélas! depuis que ce voyage est décidé, mon sommeil ne me présente que des naufrages et des tempêtes : je vois toujours mon infortuné fils luttant contre les vagues ou jeté sur des terres inconnues, au milieu des plus affreux périls. Je ne goûterai de repos qu'en apprenant qu'il est entre vos bras ; en attendant je cache à toute ma famille les agitations de mon âme : George montre une ardeur et un courage qu'il serait imprudent d'ébranler.

» Je me flatte, mon cher frère, que la présence de votre neveu ne détruira pas la bonne opinion que vous a donnée de lui la lecture de sa lettre. Sa taille et son visage sont fort bien assortis, et composent un ensemble que beaucoup de personnes trouvent agréable. Ces dons extérieurs ne me sont pas indiffrents, je l'avoue ; mais j'en fais cependant moins de cas que de certaines qualités du cœur qui me font espérer que George sera un jour aussi honnête homme que son père. Cependant, afin que vous ne m'accousiez pas d'être comme la plupart des mères, qui ne voient que des perfections dans leurs enfants, je vous confesserai que le mien a un peu d'opiniâtreté dans le caractère, qu'il est susceptible de vanité, et que je l'ai trouvé moins disposé que son frère et ses sœurs à se contenter de cette louable simplicité dont son père s'honorait de ne point sortir. Je vous en avertis, non-seulement pour être sincère, mais afin que, connaissant le côté faible de votre élève, vous puissiez mettre un frein à ses inclinations. Une jeunesse ambitieuse peut mener quelquefois fort loin : je sais qu'elle n'est pas incompatible avec la vertu, lorsqu'elle n'en dépasse pas les bornes ; mais ces bornes sont si difficiles à conserver, qu'il est toujours dangereux de s'en approcher de trop près.

» Quand vous recevrez cette lettre, George sera près de vous, puisque c'est à lui que je la confie. Puisse-t-il mériter votre tendresse, et vous rendre aussi heureux que je le désire ! Cependant, je vous en conjure, mon cher frère, ne vous

emparez pas si souverainement de sa jeune âme qu'il n'y reste
plus de place pour nous, et surtout pour moi, sa mère affligée,
qui n'ai guère d'espérance de le revoir, avec la santé languissante qui me fait traîner plutôt que supporter la vie. Si vous
voulez que je vous découvre la vérité, George a toujours
obtenu dans mes affections une préférence secrète, dont je
n'ai pu me défendre, et que je me suis toujours appliquée à ne
jamais trahir; soit que ses qualités me le rendissent plus
cher, soit qu'ayant été nourri de mon lait, et m'ayant fait connaître les soins les plus pénibles de l'amour maternel, il en ait
retenu pour lui ce qu'il y a de plus vif. Quoi qu'il en soit, je
souhaite avec passion, absente ou dans la nuit du tombeau,
de vivre dans son souvenir; dites-lui bien, mon cher frère,
que je ne me suis séparée de lui que par un excès de tendresse
et en me sacrifiant moi-même. Trop faible, hélas! pour entreprendre un si long voyage, j'ai dû ne pas m'y exposer pour
l'amour de mes plus jeunes enfants, auxquels mon existence
est encore nécessaire; sans cette considération, Dieu m'est
témoin que j'aurais affronté, pour vous revoir, les périls de la
mer : trop heureuse, avant de fermer les yeux, d'avoir remis
moi-même mon fils entre vos bras, et de vous assurer de ma
propre bouche que je n'ai jamais cessé d'avoir pour vous
les sentiments que vous deviez attendre de votre affectionnée
sœur.

» CLÉMENCE ALBIN, V° HERNILIS. »

CHAPITRE X.

George abandonne son premier établissement.

Je n'ai pas voulu interrompre cette lettre pour faire part au lecteur des différentes impressions qu'elle me causa; mais il s'en fallut bien que je pusse la lire ainsi sans m'arrêter; j'y passai au contraire beaucoup de temps, tant j'étais suffoqué par mes larmes : jamais je n'avais lu si clairement dans le cœur de mon excellente mère; et je pensai m'évanouir de douleur à l'endroit où elle découvre si ingénument son amitié pour moi, le désir que je ne l'oublie point, et la crainte de ne plus me revoir. Je me regardai comme un monstre d'ingratitude d'avoir préféré mon ambition à la douceur de lui consacrer mes jours, et je ne doutai pas que les maux extrêmes dont le ciel m'accablait n'en fussent une juste punition. Ce qu'elle disait de mon opiniâtreté me rappela les dispositions où je me trouvais à mon départ, et les comparant tristement à ma destinée présente, j'en sentais redoubler mon chagrin. En effet, celui qui ne rêvait que délices, qui se repaissait d'avance du plaisir de commander à de pauvres esclaves, et ne pensait à recueillir le prix de leurs sueurs que pour aller s'en glorifier aux yeux de ses compatriotes, celui-là, dis-je, plus pauvre, plus misérable que jamais, jeté dans un coin de terre inconnu peut-être au reste des hommes, réduit à faire sa société d'un animal, expiait cruellement la vanité de ses projets; je pensai aussi à ce jeune nègre qui, conduit par un sentiment bien opposé, ne repassait les mers que pour se rapprocher de ses parents, lorsque je m'éloignais si légèrement des miens : il avait sans doute échappé à la tempête par une protection particulière du ciel, tandis que j'en ressentais encore les suites déplorables.

Je relus une autre fois la lettre de ma mère ; puis me levant du lieu où je m'étais assis, je me promenai sur les collines, qui s'élevaient en amphithéâtre autour du lac, jetant la vue de tous côtés, et prêtant attentivement l'oreille, dans l'espérance de découvrir quelque chose de favorable. Le terrain devint tellement embarrassé par une multitude de plantes épineuses qui le couvraient, qu'il me fut impossible d'avancer davantage dans cette direction ; et j'en tirai la triste conclusion qu'aucune peuplade n'avait découvert cette partie, puisqu'elle était si négligée malgré sa situation avantageuse. Le lac était rempli de poissons que je voyais se jouer à sa surface ; et les bois, d'oiseaux et de gibier si peu sauvages qu'on aurait pu les prendre avec la main : la familiarité de ces derniers me charma d'abord, et m'affligea ensuite, parce que je réfléchis que la cause de cette assurance venait de ce qu'ils n'avaient jamais été effrayés par des hommes. Je demeurai trois jours au bord de ce lac, auquel je donnai le nom de *lac de l'Espérance*. Il est vrai que mes recherches me convainquirent que je me trouvais seul dans cette contrée ; mais je m'en consolai en me persuadant qu'il y avait des habitants sur l'autre rive, et que le hasard ou mes tentatives m'en feraient tôt ou tard apercevoir. Mon imagination s'échauffa tellement à ce sujet, que je crus distinguer de fort loin une ville considérable ; et plus je m'y attachais, plus je me confirmais dans cette croyance. Je regrettai de n'avoir pas la lunette d'approche dont je me servais sur le vaisseau, et que j'avais égarée pendant le transport des effets que je conduisais à terre ; toutefois, comme en me fortifiant dans mes espérances elle pouvait aussi les détruire, je n'avais pas lieu de m'affliger beaucoup

de cette perte : que mon idée fût une illusion ou non, j'en
avais grand besoin pour me soutenir. Il arriva qu'à force de le
désirer, je finis par ne plus douter que je ne fusse dans le voisinage de quelque ville ; bientôt j'en distinguai les principaux
édifices, qui me parurent être des mosquées, et ma délivrance
ne me sembla plus douteuse.

— O ma bonne mère ! m'écriai-je dans le transport de ma
joie, je vous reverrai certainement, car partout où je rencon-
trerai des hommes, je trouverai des cœurs sensibles à ma
cruelle infortune : ils me plaindront d'avoir une mère, et d'en
être séparé à mon âge; ils me faciliteront les moyens de
retourner entre vos bras, c'est là le seul but où j'aspire.

Dès ce moment, je formai le projet de venir m'établir en cet
endroit, où je trouverais d'ailleurs abondamment de quoi
vivre ; et la véhémence de mes désirs me ferma les yeux sur
les difficultés que j'y rencontrerais si je voulais me faire suivre
de tout ce que j'avais tiré du vaisseau. D'un autre côté, je ne
pouvais guère me priver de ces objets, auxquels je tenais par
la peine que leur possession m'avait déjà coûtée; mais ce qui
acheva de me déterminer, fut la réflexion que je manquais
d'eau à mon premier établissement, et que la source la plus
voisine étant à moitié chemin du lac, je ne devais pas hésiter
à me transporter définitivement jusque sur ses bords. Je retournai à la côte fort préoccupé de mes nouveaux projets, me
proposant à moi-même divers expédients pour en venir à bout.
Pour la première fois, depuis trois mois que j'étais dans cette
île, je vis le soleil se cacher dans des nuages, et je sentis quelques gouttes de pluie. Une rosée, d'abord assez douce, me fit
doubler le pas; et mon premier soin, en arrivant à ma tente,
fut de mettre dehors tout ce que j'avais de vases pour recueillir
cette pluie bienfaisante ; elle ne tarda point à augmenter avec
violence ; le ciel se couvrit de nuages si épais que je ne distinguai plus rien autour de moi. La pluie, accompagnée de

tonnerre et d'éclairs, tomba pendant deux jours avec une impétuosité effrayante; la toile qui me couvrait en fut aisément traversée, ainsi que le feuillage des arbres qui la protégeait en partie : de sorte que j'y étais inondé avec tout mon bagage. C'est alors que je compris la faute que j'avais faite de ne point recouvrir ma tente d'une toile goudronnée, sous laquelle j'aurais trouvé un abri contre cet orage, et que je reconnus par mon expérience que les choses qui nous plaisent le plus ne sont pas toujours les plus utiles. La pluie cessa enfin; le soleil reparut, et par sa chaleur bienfaisante enleva l'excès de l'humidité, qui m'était devenue incommode.

Mon étonnement fut extrême, en sortant de ma tente, de voir cette terre, jusque-là si aride, revêtue d'une verdure naissante fort agréable, et d'entendre le murmure de plusieurs ruisseaux qui s'écoulaient de tous côtés; la pluie avait produit ce changement avec une rapidité qui tenait du prodige, et plus on avançait dans l'intérieur de l'île, plus ses effets étaient remarquables. Les nouveaux agréments de ce séjour me firent balancer à l'abandonner, car j'étais un peu effrayé des difficultés de mon entreprise; mais un instant de réflexion m'eut bientôt affermi dans mon premier dessein. Il était naturel de supposer que ces ruisseaux et cette végétation subits seraient aussi passagers que l'orage qui les avait fait naître, et que le soleil ne tarderait pas à dessécher de nouveau ce rivage, où il ne pleuvait que très-rarement; ces considérations, jointes à la nécessité de me rapprocher d'un pays que je croyais habité, me déterminèrent à ne pas différer ma translation.

Je calculai qu'avec de la persévérance et du courage je réussirais en moins de trois mois à transporter tous mes effets au bord du lac, c'est-à-dire à une distance d'environ trois lieues; mais on verra que ce calcul était l'effet de ma présomption ordinaire. Je commençai par aller m'établir à un

quart de lieue, dans l'endroit où je trouvai le plus de facilité
à tendre ma tente, non pas d'une manière définitive, mais
pour quelques jours seulement ; j'y transportai ensuite mes
poules, mes provisions qui consistaient en biscuit, car toutes
les viandes s'étaient gâtées : je vivais fort sobrement, regardant comme une délicatesse de pouvoir me régaler des œufs
que mes poules me donnaient de temps à autre ; je n'eus garde
d'oublier aussi le grain qui leur servait de nourriture. Après
ces divers objets d'une utilité incontestable, je m'occupai des
choses de pur agrément, au nombre desquelles je rangea les
toiles peintes, les draps fins, une clarinette que j'avais découverte depuis peu dans le vaisseau, des livres et divers autres
objets dont je ne me souviens plus. Les livres formant à eux
seuls un poids considérable, je fus obligé de faire un choix et
d'abandonner le reste ; et quant aux armes, je n'en emportai
point quoiqu'il y en eût beaucoup, principalement des armes
à feu, parce que je ne pus jamais ouvrir la sainte-barbe, où
se trouvait la poudre. Je me contentai de deux haches et
de plusieurs autres outils, qui me devinrent fort utiles dans la
suite.

Je ne tardai point à m'apercevoir qu'il me faudrait beaucoup
plus de temps que je n'avais supposé d'abord pour arriver,
avec mes richesses, au but que je me proposais, et je commençai à craindre que les vivres ne me manquassent, car ma
provision de biscuit, que je partageais avec Azor, tirait chaque
jour à sa fin. Je me déterminai à faire usage des fruits de
cette île, malgré mes appréhensions, qui me faisaient craindre
de rencontrer la mort en cherchant à prolonger ma vie. J'avais
appris dans mes lectures que presque toutes les plantes véné-
neuses ont une odeur fétide et un aspect sinistre, comme si la
nature eût voulu nous avertir, par ces signes, de leurs qualités malfaisantes. Si cette hypothèse n'est pas toujours vraie,
elle est au moins si conforme à la bonté de Dieu, qu'on doit y

ajouter foi dans la plupart des circonstances; et je n'eus qu'à m'en applaudir dans celle-ci. Ces fruits, que j'ai su depuis être des bananes, composent un groupe d'une centaine de baies de la forme et de la couleur de nos concombres; chaque groupe porte le nom de régime : ils croissent en cercle, et ordinairement au nombre de cinq, autour de la tige, lorsqu'elle est parvenue à la hauteur d'environ dix pieds. Attachés à un long pédoncule, leur propre poids les abaisse vers la terre, et invite la main de l'homme à les cueillir. Les feuilles du bananier, larges de trente-trois centimètres, ont quelquefois deux mètres de longueur, et servent à beaucoup d'usages : on en fait du linge de table, des couvertures de maisons, etc. Sa tige meurt chaque année, mais une foule de rejetons la remplacent, et ils croissent et se succèdent si rapidement que tous les mois on voit paraître de nouveaux fruits. La grande utilité de cet arbre lui a fait attribuer une origine céleste : c'est lui, dit-on, qui était l'arbre de vie placé dans le paradis terrestre, dont le fruit tenta nos premiers parents, et dont les feuilles leur servirent de ceinture. Le goût de la banane rappelle celui de la poire de bon-chrétien et de la pomme de reinette, et sa chair est aussi fondante que du beurre. On voit par ce détail de quelle ressource je me serais privé en m'abstenant, par trop de timidité, d'une nourriture aussi agréable, saine et abondante, principalement autour du lac, où il croît beaucoup de bananiers. L'expérience m'enseigna par la suite qu'un régime cueilli un peu avant sa maturité s'achève parfaitement et se conserve plusieurs semaines, et que ce végétal, fort bon à manger cru, est encore meilleur cuit sous la cendre.

Un si fameux essai m'ayant encouragé à faire en ce genre de nouvelles découvertes, j'enrichis ma table d'une espèce de melon plein d'un jus fort doux et fort rafraîchissant, et le même, je crois, qu'on a appelé *pastèque*. Je trouvai aussi du pourpier tout à fait semblable au nôtre, des épinards, et des ignames dont la racine, du goût et de la couleur d'une betterave, peut remplacer le pain. A chacune de mes promenades, la nature, cette bonne et tendre mère, m'accordait de nouveaux présents, dont je bénissais Dieu avec une vive reconnaissance. Mon chien m'inquiétait alors plus que moi-même, par la difficulté de le faire vivre de végétaux ; mais outre qu'il mangeait avec plaisir des ignames cuites, il me prouva bientôt que celui qui l'avait créé ne l'abandonnerait pas plus que son maître, et qu'il avait des ressources auxquelles je ne songeais point. Quoiqu'il fût un épagneul de la petite espèce, la nécessité le rendit un excellent chasseur ; et comme le gibier était fort commun dans cette île, il se trouva aussi bien que moi dans l'abondance. De leur côté, mes poules, rendues à la liberté, et familiarisées avec ma voix, trouvaient assez d'insectes et de vermisseaux pour se passer de leur nourriture ordinaire, que je ne leur distribuais plus que par faveur, et pour me conserver leur affection.

CHAPITRE XI.

George s'établit enfin sur le bord du lac de l'Espérance.

Le malheur étant une des meilleures écoles où l'on puisse s'instruire, le mien fit faire à ma raison de rapides progrès. Il m'apprit à réfléchir et à prévoir les conséquences de mes actions, ainsi que le lecteur a déjà dû le reconnaître; il me forma encore à une autre vertu sans laquelle on ne réussit à rien, je veux dire la patience. J'en eus grand besoin dans mon changement de domicile, qui fut un voyage de six mois, durant lesquels je menai une vie nomade, qui n'était pas sans agréments, demeurant plus ou moins de temps dans chaque endroit, selon les commodités que j'y rencontrais et la nécessité de me reposer de ma fatigue. Je ne laissais pas de m'aller promener souvent du côté du lac, dont la vue délicieuse soutenait mon courage et redoublait mon impatience d'y arriver définitivement avec les richesses que j'y apportais. J'avais pu choisir et déterminer d'avance la disposition de ma nouvelle demeure, que je résolus de placer dans le voisinage du lac, pour être plus à portée de la pêche, dont je comptais me faire un divertissement aussi utile qu'agréable.

Le jour que j'arrivai au lieu de ma destination fut un jour de triomphe, qui me fit oublier aisément toutes mes fatigues. Je pris possession de mon nouveau pays avec autant de solennité qu'un souverain l'aurait pu faire; et debout, au milieu de mes fidèles sujets, les yeux et les mains élevés vers le ciel, je demandai à Dieu de bénir ce petit coin de terre où l'une de ses

plus faib'es créatures se trouvait exilée. Dans le zèle de ma
dévotion, je fis vœu de ne me point dresser de tente que je
n'eusse d'abo d construit un autel de gazon où j'irais invoquer
l'Éternel : non que je ne susse parfaitement que l'univers
entier lui sert de temple, qu'il est présent partout, et que nos
prières lui parviennent de tous les endroits de la terre ; mais
j'espérais aussi que, tenant compte aux hommes de leur
bonne volonté, il laisserait tomber un regard de complaisance
sur ce monument élevé dans la solitude par les mains d'un
enfant. Je plaçai donc mon petit bagage dans le creux du
rocher où j'avais déjà passé trois nuits, lorsque je découvris le
lac, et je cherchai aussitôt un endroit convenable à mon autel,
qui ne fut d'abord qu'un carré de terre assez informe, auquel
je donnai par la suite autant de perfection que cela me fut
possible. Il s'avançait sur la pointe d'une colline, la plus
élevée de toutes celles qui bordaient le lac, et la plus découverte, d'où l'œil dominait sans obstacles de plusieurs côtés. Je
revêtis le corps de l'autel et les degrés qui y conduisaient,
d'un gazon fin du plus beau vert que l'on puisse voir. Je semai
autour des graines de bananes, fruit délicieux dont l'abondance faisait la sûreté de ma vie ; et ces graines devinrent, au
bout de l'année, des arbres qui ombrageaient agréablement
ce lieu saint. Ne pouvant l'orner suivant les usages de notre
pays, je me contentai d'y mettre une grande croix de bois, et
de la décorer de bouquets et de guirlandes de fleurs, que je
renouvelais chaque dimanche et dans les grandes occasions.
Ceci me rappelle que j'ai oublié d'apprendre à mon lecteur que
dans une caisse de livres que je trouvai dans le vaisseau, il y
avait un calendrier de ceux qu'on nomme perpétuels ; comme
je connaissais heureusement la manière de s'en servir, je demeurai ainsi au courant des jours et des quantièmes pendant
plusieurs années, ce qui n'était pas pour moi une médiocre
satisfaction. Je célébrais, par ce moyen, des anniversaires ou

chers ou remarquables, tels que la naissance et la fête de ma mère, ma délivrance du vaisseau, la découverte du lac de l'Espérance. Ces jours-là ma chapelle, que j'avais mise sous la protection de sainte Clémence, la patronne de ma mère, était pompeusement parée des plus belles fleurs et des plus beaux fruits de mon petit royaume, et le soir elle éclatait des feux de la plus brillante illumination. Ici on se demandera sans doute avec étonnement où j'avais pris les choses nécessaires à ce dernier embellissement. La nature seule me les fournissait : à peine la nuit avait-elle étendu ses voiles, qu'une multitude de ces insectes lumineux que nous appelons vers luisans, mais qui, dans ces ardentes régions, resplendissent d'une clarté beaucoup plus vive qu'en Europe, étincelaient de toutes parts ; je n'avais que la peine de les placer avec quelque symétrie pour en faire un coup-d'œil ravissant.

Après avoir jeté les fondements de mon église, je dressai ma tente entre quelques arbres, si près des rives du lac que j'entendais le poisson se jouer dans ses eaux. Mais dès la première nuit, je m'aperçus que j'avais fait une faute et qu'il me fallait encore déloger, parce que j'étais assailli par une foule d'insectes bruyants et semblables aux cousins, dont la piqûre est extrêmement douloureuse. Je me souvins qu'en Europe le bord des rivières est sujet à de pareils inconvénients, parce que les insectes recherchent la fraîcheur qu'on y respire. Je jetai les yeux sur le même rocher qui m'avait déjà servi de retraite, et qui se trouvait dans le voisinage d'un bois fort touffu. Quelle fut ma surprise, en examinant ce bois avec plus d'attention, de reconnaître qu'il n'était composé que d'un seul arbre, dont les énormes branches, retombant jusqu'à terre, formaient une masse de verdure si étendue qu'on l'aurait prise pour un bois d'une centaine d'arbres ordinaires! Le tronc de cet arbre singulier avait la grosseur d'un moulin à vent ; mais sa hauteur n'y était pas proportionnée. Le temps ou quelque accident l'avait creusé en partie ; et étant entré dans son intérieur, je remarquai qu'il était composé d'une matière spongieuse très-facile à détacher, et qu'avec un peu de travail je me procurerais dans le cœur de cet arbre un logement beaucoup plus solide que sous une tente. Comme il s trouvait déjà assez d'espace pour que je pusse y dresser u lit, j'y pris sur-le-champ mon domicile, enchanté de cete nouvelle découverte, et ne pouvant me lasser d'admirer la puissance et la variété de la nature.

L'agréable concert de mille oiseaux, qui étaient mes voisins et avaient leurs nids dans le feuillage de cet arbre, où je rencontrais comme eux un abri, me réveilla de bon matin ; je me trouvai plongé dans les ténèbres, quoiqu'il commençât à faire jour, parce que les vastes branches m'environnaient de leurs ombres comme d'un rideau ; pour remédier à cet inconvénient, je pris le parti d'élaguer leurs extrémités du côté de l'ouverture du tronc, ce qui me fut assez facile, parce que cet arbre a peu de consistance : il ne me fallut pas plus de trois mois pour le vider entièrement, jusqu'à la hauteur d'environ deux mètres. J'y pratiquai ensuite deux chambres, séparées entre elles par une cloison de roseaux ; la première étant éclairée par la porte, je perçai pour la seconde une fenêtre dans l'écorce de l'arbre, et ce fut ma chambre à coucher : j'y plaçai ma bibliothèque sur un petit treillage en osier. Mon lit, composé d'un matelas posé sur des fagots de branches sèches, cachait sous des draperies de toiles peintes et de drap écarlate d'une grande beauté, ce que le reste avait de misérable. La pièce d'entrée me servit de magasin et de cuisine : j'y rangeai proprement mes provisions, mes outils, mes instruments de pêche (car j'en construisis par la suite), et j'en établis. Azor le gardien, malgré le peu d'inquiétude que j'avais de les voir menacés ; mes poules passaient la nuit sur les branches de l'arbre.

Cette demeure, malgré tous mes efforts, ne laissait pas d'être assez triste : il y régnait toujours beaucoup d'obscurité, excepté dans une certaine saison où l'arbre perdait ses feuilles, ce qui le privait aussi d'un agréable ornement. Au milieu des paysages les plus pittoresques du monde, ma vue était bornée de toutes parts, et je ne pouvais jouir à la fois du plaisir d'être à l'abri de la chaleur et d'admirer les charmes de la nature. Je résolus de me construire ailleurs une tente, qui me serait comme une maison de plaisance, que je placerais dans le site le plus avantageux, et que j'habiterais pendant la belle saison, ou plutôt tant qu'il ne pleuvrait pas, car les saisons n'étaient guère distinctes entre elles. Le lecteur peut remarquer que le travail et les entreprises ne me coûtaient guère : ils étaient au contraire pour moi une précieuse ressource qui m'empêchait de sentir le poids du temps. Six palmiers, groupés sur une colline, m'invitèrent à me fixer sous leur ombrage ; ce fut entre eux que je dressai une tente d'une forme octogone, dont l'entrée était fermée par des draperies flottantes qui se relevaient avec grâce lorsque je le jugeais à propos. Un sopha d'argile, revêtu de quelques mètres de drap, m'offrit un siége commode, d'où mes regards se promenaient avec complaisance sur la vaste étendue du lac, et sur les principales collines qui l'environnaient. Cette retraite, à laquelle je donnai tous les embellissements possibles, en y plantant des fleurs et des arbustes dont l'éclat et la verdure la décoraient sans la cacher, eût été digne d'un prince. La toile blanche et très-fine qui recouvrait ma tente était peinte de figures d'un rouge vif représentant les aventures de Didon. On voyait d'abord cette reine fuyant la cour de Pigmalion son frère, après la mort de Siché son époux que Pigmalion avait assassiné. Ailleurs elle présidait aux travaux de Carthage ; et plus loin elle recevait Enée poursuivi par Neptune, et prêtait une oreille attentive au récit qu'il lui faisait du siége et de la ruine de Troie. Dans un autre dessin, Enée, aux genoux de Didon, lui jurait de devenir son époux; mais plus loin on apercevait sa flotte fuyant à force de voiles la reine et la ville de Carthage, que le prince abandonnait par l'ordre des dieux. Enfin le dernier dessin représentait Didon sur son bûcher, appelant la colère des dieux sur les Troyens, et prédisant la haine qui existerait un jour entre Rome et Carthage. Ces petits tableaux, d'un fort bon goût, et mieux dessinés que la plupart que ceux de ce genre ne le sont ordinairement, faisaient un effet admirable, auquel les têtes de palmiers qui s'élevaient au-dessus prêtaient encore une nouvelle grâce. Dans le ravissement que me causait mon propre ouvrage, je sentais le besoin d'avoir un ami qui pût en jouir avec moi, et mes vœux se reportaient naturellement vers ma famille.

— O ma mère! ô ma chère Agathe! toute ma famille enfin, m'écriai-je, que n'êtes-vous ici avec moi! Il ne nous manquerait rien dans un lieu si charmant, dès que nous aurions la douceur d'y vivre ensemble. Avec quel plaisir ma mère se reposerait dans cette tente et au pied de ces magnifiques palmiers! combien elle admirerait ce beau lac, avec ses amphithéâtres de verdure et ces forêts antiques qui les couronnent! Hélas! au milieu de ses enfants, elle serait la reine de cette superbe solitude; nos efforts réunis lui procureraient bientôt plus d'aisance et de commodités qu'elle n'en trouve en Europe! La salubrité du climat rétablirait sa santé chancelante; notre amour suffirait à son bonheur. Ah! faut-il que des désirs si innocents ne soient que des chimères, et que, dans la nécessité de passer ici mes jours loin de tous ceux qui me sont chers, le plus beau pays de l'univers ne soit en effet pour moi qu'un triste exil où les regrets me consumeront jusqu'à la mort!

Deux ruisseaux de larmes coulèrent de mes yeux en achevant ces paroles, et l'enthousiasme qui m'avait d'abord

transporté se changea en une si noire mélancolie que je cherchai à m'en distraire par la lecture. Je me jetai sur mon
sopha avec le premier livre qui me tomba sous la main. Il se
trouva que c'étaient des histoires détachées; je choisis celle
dont le titre me parut avoir le moins de rapport avec ma situation, car c'était moins un plaisir qu'un remède que je cherchais. Je lus d'abord sans beaucoup d'attention; mais insensiblement ma curiosité s'éveilla, et l'histoire m'intéressa assez
pour que je l'aie retenue. Je ne sais si le lecteur me saura gré
de lui en faire part; quant à moi, il m'a semblé qu'elle était
propre à le délasser de l'extrême monotonie qu'une aventure
du genre de la mienne ne peut manquer de répandre sur cette
relation.

CHAPITRE XII.

Histoire de Saëd et du prêtre d'Isis.

Le soleil chassait devant lui les brouillards du matin et
commençait d'un pas rapide sa course glorieuse, lorsque
l'Egyptien Saëd, qui avait voyagé toute la nuit, mit pied à
terre à l'entrée des superbes ruines qu'on rencontre au milieu
des sables arides de l'ancienne Thébaïde. Le besoin de faire
rafraîchir son cheval, et de prendre lui-même un moment de
repos, le fit s'arrêter en ce lieu, quoiqu'il passât pour être fré-
quenté par les Arabes; mais Saëd était dans une situation
d'esprit qui donne naturellement de l'intrépidité. Il laissa son
cheval paître l'herbe qui avait crû entre les colonnes brisées et
d'autres ornements renversés par les siècles; et s'asseyant

sur les larges degrés d'un temple dont la moitié était encore debout, il se mit à déplorer le sort cruel qui le poursuivait.

— A quoi sert donc la vertu, disait Saëd, puisqu'elle est si peu honorée parmi les hommes? C'est pour avoir voulu être juste et humain que je me trouve errant et fugitif, réduit, pour conserver mes jours, à me cacher dans le fond des déserts. Jusques à quand Dieu supportera-t-il la méchanceté de ses créatures? L'ambition et l'ingratitude dominent sur la terre; et il vaudrait mieux réchauffer un serpent dans son sein, ou recevoir un tigre dans sa maison, que de rendre aux hommes quelque service.

Il n'aurait pas sitôt mis un terme à l'amertume de ses plaintes, si des accords doux et harmonieux, qui paraissaient sortir du fond de ce temple ruiné, n'eussent attiré son attention. Il se leva extrêmement surpris, et s'enfonça dans un dédale de colonnes si multipliées qu'elles obscurcissaient le jour dans cette partie du temple et n'y laissaient pénétrer qu'une clarté douteuse. Il entendit alors les sons plus distinctement, et les jugeant produits par un instrument de musique, il fut fort étonné de reconnaître qu'ils paraissaient venir de dessous terre; néanmoins toutes ses recherches ne lui firent découvrir aucune issue. Fatigué de se tourmenter inutilement le corps et l'esprit à ce sujet, Saëd revenait à l'entrée du temple lorsqu'il vit de loin deux Arabes descendre de cheval au même endroit que lui, et s'avancer à sa rencontre. A peu près certain de n'en avoir pas été aperçu, il se retira derrière une colonne, son cimeterre à la main, dans la résolution de vendre chèrement sa vie si on osait l'attaquer. Les Arabes, conduits par un autre dessein, passèrent devant lui sans s'en douter, et s'engageant dans la profondeur du temple, levèrent avec effort une large pierre scellée de deux anneaux de fer, et disparurent aux yeux de l'Egyptien. Le bruit de leurs pas retentissait encore lorsque Saëd parvint à l'ouverture que les Arabes n'avaient point refermée. Un homme heureux se serait peut-être arrêté là, dans l'appréhension de compromettre sa vie; mais Saëd ne faisait pas assez de cas de la sienne pour mettre un frein à sa curiosité, et il descendit dans le souterrain sur les traces des deux Arabes. Un escalier assez spacieux le conduisit à l'entrée de plusieurs avenues dont les voûtes étaient soutenues par des colonnes d'airain qui portaient chacune une lampe allumée : celle que suivit l'Egyptien aboutissait à une vaste salle circulaire, au milieu de laquelle s'élevait un bûcher; des flambeaux odoriférants, placés sur de riches candélabres, éclairaient cette salle. On y voyait encore un autel avec des réchauds pour brûler des parfums, et derrière l'autel un grand voile blanc qui paraissait couvrir quelque divinité. Un arc, des flèches et d'autres objets étaient déposés sur l'autel, et tout autour de la salle se trouvaient sculptées sur les murs un nombre infini de figures bizarres d'hommes et d'animaux. Pendant que l'Egyptien considérait attentivement toutes ces choses, le bruit de quelques personnes qui s'approchaient l'obligea de se cacher dans l'ombre d'une colonne, d'où il pouvait tout voir sans être vu. Les Arabes reparurent soutenant entre leurs bras un homme couvert de longs habits blancs, mais si défiguré par une extrême vieillesse qu'il ne paraissait plus qu'un squelette animé. Arrivé près de l'autel, il s'y tint néanmoins debout sans le secours des Arabes, jeta quelques parfums sur les réchauds allumés, et prenant une petite harpe attachée à sa ceinture, il en tira des sons pareils à ceux que l'Egyptien avait entendus des ruines. Celui-ci ne pouvait comprendre comment un homme courbé sous le poids de la caducité pouvait tirer d'un si faible instrument des sons capables de frapper l'oreille de si loin. Le vieillard mêla sa voix aux accords de la harpe; mais cette voix cassée, entièrement couverte par l'instrument, ne permettait de distinguer aucune parole ; seulement, à l'air inspiré du vieillard et au recueillement des deux Arabes qui l'écoutaient, on pouvait soupçonner que c'étaient des chants religieux. Le vieillard plaça ensuite sur sa tête une couronne d'une espèce de roseaux qui croissent au bord du Nil, et qu'il prit sur l'autel ; puis, ayant prononcé quelques paroles à haute voix, les Arabes s'approchèrent de lui, le saisirent entre leurs bras sans qu'il opposât la moindre résistance, et le couchèrent sur le bûcher avec sa harpe, qu'ils placèrent à côté de lui. Ils prirent chacun un flambeau, non d'un air furieux ou menaçant, mais au contraire avec toutes les marques d'une soumission parfaite, et mirent le feu au bûcher, dont les flammes enveloppèrent bientôt la victime, qui, au milieu même de cet affreux supplice, fit entendre quelque temps des sons qui s'éteignirent par degrés jusqu'à ce qu'un épouvantable silence régna seul. Les Arabes, déployant alors un vaste rideau qui était placé devant le bûcher, dérobèrent aux yeux cet horrible spectacle, et s'assirent à terre dans un profond recueillement.

L'Egyptien, pénétré d'horreur, ne savait de quoi s'étonner davantage, ou de l'impassibilité des bourreaux ou de la soumission de la victime, quand les sons de la harpe se firent entendre de nouveau, mais sur un mode plus vif et plus éclatant qu'avant la lugubre cérémonie. A ce signal les Arabes se levèrent transportés de joie, et ayant soulevé le rideau, il en sortit un homme dans toute la force de la jeunesse qui chanta d'une voix admirable un hymne dans un langage inconnu à Saël : ce nouveau personnage portait les mêmes habits et la même couronne que le vieillard qui venait d'être immolé. Après plusieurs cérémonies, qui paraissaient autant d'adorations adressées à la divinité voilée, il prit un arc et décocha une flèche du côté de l'Orient en prononçant des paroles mystérieuses ; il tira la seconde du côté de l'Occident, mais cette

dernière rencontrant l'Egyptien, lui fit une blessure assez
vive pour lui arracher un cri de douleur. Les Arabes se préci-
pitèrent vers lui et l'entraînèrent au pied de l'autel, disposés à
lui arracher les restes de son existence. Le jeune homme con-
tint leur fureur, et demanda sévèrement à Saëd comment il se
trouvait dans des lieux inconnus à toute la terre. Saëd lui
répondit d'une voix languissante :

— Le hasard seul m'y a conduit; si c'est un crime, ma
mort sans doute ne tardera point à l'expier. Apprenez toutefois
que loin de regretter la vie, je regarde comme une faveur d'en
être délivré.

Il n'en put dire davantage; ses forces s'écoulaient avec son
sang; il ferma les yeux et crut rendre le dernier soupir. Il se
trompait, ce n'était qu'une faiblesse. En revenant à lui, il se
trouva mollement étendu sur un lit enrichi d'or, dans un
appartement pompeusement orné où l'on voyait partout les
mêmes figures d'hommes et d'animaux sculptées dans la salle
du bûcher. La vue de ces objets le surprit encore moins que
son propre état, car il ne sentait plus aucun mal, et sa blessure
était déjà cicatrisée. A quelques pas de lui, le jeune homme
habillé de blanc méditait sur un livre ouvert. Les mouvements
de Saëd l'ayant distrait de ses études, il s'avança vers lui d'un
air plein de douceur.

— Lève-toi, lui dit-il, et rends grâce à la nature qui a si
puissamment secondé mes efforts pour ton heureuse guérison.

Saëd étonné se leva, et se prosternant aux pieds de l'inconnu, il lui dit que malgré les justes raisons qu'il avait de
ne plus estimer la vie, son cœur n'en serait pas moins reconnaissant du soin qu'il avait pris de la lui conserver, et qu'il
n'en voulait user à l'avenir que pour la consacrer à son service.

— Ce désir d'une âme généreuse, repartit l'inconnu, pour.a

trouver quelque jour son accomplissement; en attendant, accorde-moi une entière confiance. Une grande infortune paraît peser sur ta tête; si cette infortune est une punition du ciel, ne crains pas de me le confesser : je tâcherai de te remettre en paix avec toi-même. Si tu es la victime des méchants, je te fortifierai contre eux. Je te demande surtout d'être sincère.

— Hélas! reprit Saëd, à quoi me servirait avec vous de vains détours? Votre retraite dans ces lieux, ma guérison subite, et je ne sais quoi de divin répandu sur votre personne, m'avertissant assez que vous êtes supérieur au reste des mortels : sans doute vous lisez dans mon cœur comme moi-même.

— Je pourrais profiter de ton erreur, répondit l'inconnu; mais le mensonge, l'ombre même du mensonge, n'a jamais déshonoré mes lèvres. Je ne suis qu'un homme de la même nature que toi; mes avantages, car je dois avouer que j'en possède de très-grands, sont le fruit de mes profondes études. Que mon exemple t'apprenne à ne point trahir la vérité.

Saëd l'assura qu'il n'avait aucune raison de redouter ses lumières; qu'il était plus malheureux que coupable, et coulerait les jours les plus fortunés sans l'ingratitude d'un homme qu'il regardait comme son ami.

— Je suis né au Caire, poursuivit-il, d'un père qui enseignait aux jeunes gens l'écriture et l'arithmétique. Cette profession, plus utile que brillante, lui procura une vie si douce que je n'eus pas de peine à me conformer à l'ancienne loi du pays, qui ordonnait aux enfants d'embrasser la même condition que leur père. Je lui succédai dès que la vieillesse l'obligea de renoncer au travail; et bientôt après il mourut. Dans le nombre de mes élèves se trouvaient les fils du cadi de mon quartier, et parmi eux un jeune homme appelé Méhémed qui annonçait alors les plus heureuses dispositions. Un maître s'affectionne naturellement à ceux qu'il juge capables de lui faire honneur; mais un motif plus désintéressé m'attachait au jeune Méhémed : Je croyais apercevoir en lui le germe des plus aimables vertus. Il paraissait généreux et sensible à l'excès, et me témoignait une amitié si vive qu'il m'eût été difficile de ne pas l'aimer tendrement à mon tour. Le cadi, quoique fort riche, était d'une si extrême avarice qu'il se lassa bientôt de dépenser une modique somme pour l'instruction de ses enfants. Méhémed m'apprit en pleurant que son père devait me congédier au premier paiement qu'il me ferait. Les larmes, la naïveté de ses regrets, me touchèrent tellement que je n'hésitai point à lui sacrifier mes intérêts.

— Consolez-vous, lui dis-je, mon cher Méhémed ; je saurai éviter la disgrâce dont nous sommes tous deux menacés, et je ferai à votre père des conditions si raisonnables qu'il ne pourra pas s'y refuser.

— En effet, lorsque le cadi me compta la somme qu'il me devait, et que je vis qu'il s'apprêtait à me remercier de mes services, je pris adroitement les devants pour lui dire que la vive amitié que je portais à ses fils ne me permettant plus d'être avec eux comme un maître ordinaire, je le suppliais de me permettre de les enseigner désormais pour le seul plaisir de les obliger. Le cadi fut si surpris d'une pareille générosité qu'il en demeura quelques instants sans parler ; puis m'embrassant avec transport, il appela ses fils pour qu'ils vinssent me témoigner aussi leur reconnaissance. Méhémed m'assura tout bas qu'il n'oublierait jamais cette marque de mon amitié, et ne manquerait pas de m'en tenir compte dès qu'il en serait le maître. Mais le perfide oublia néanmoins, par la suite, des services beaucoup plus essentiels; et toutes les protestations qu'il me fit alors ne l'ont pas empêché de devenir le plus ingrat des hommes.

Au retour d'un voyage que j'entrepris quelques mois après,

ma mère et ma femme m'apprirent avec une grande consternation que les habitants du quartier ayant accusé le cadi de
vendre la justice, le sultan était entré dans une furieuse colère
contre lui, et avait condamné le prévaricateur et sa famille à
être privés de leurs biens, à quitter la ville du Caire, et la maison qu'ils habitaient à être rasée. Elles ajoutèrent que des
ouvriers exécutaient déjà cet ordre rigoureux, et que les
infortunés étaient partis la veille à la vue de tout le quartier,
qui, en applaudissant à la juste punition du cadi, ne pouvaient s'empêcher de gémir sur le sort des innocents enve-
loppés dans sa condamnation. Ce récit m'affligea tellement que
sans perdre une minute je remontai à cheval ; et m'étant fait
indiquer le chemin que suivaient ces pauvres exilés, je marchai sur leurs traces. Il me fut facile de joindre des personnes
à qui l'excès de chagrin causait un abattement qui leur ôtait
la force et le courage. Je les aperçus bientôt au milieu d'une
plaine. Les hommes allaient à pied, la tête penchée sur leur
poitrine et les yeux à terre, dans une profonde humiliation ;
les femmes et les enfants les suivaient sur deux misérables
chameaux qu'on leur avait prêtés par charité. Mais celui dont
l'aspect inspirait le plus de compassion était le cadi, qui joignait au malheur commun la désolante pensée de l'avoir attiré
sur lui et sur son infortunée famille. Il se frappait la poitrine,
levait au ciel des yeux chargés de pleurs, et poussait des soupirs si déchirants qu'on ne pouvait les entendre sans mêler ses
larmes aux siennes. J'eus tout le loisir d'examiner leur triste
contenance, car aucun d'eux ne leva la tête pour me regarder
tant leur affliction était extrême. Je mis pied à terre ; et abor-
dant le cadi avec un visage baigné de pleurs, je l'assurai que
le coup qui le frappait m'était aussi sensible qu'à lui-même, et
que ne pouvant le détourner entièrement de lui, je venais le
conjurer d'accepter au moins ma bourse et de s'en servir pour
ses besoins et ceux de sa famille.

— O généreux Saëd! me répondit-il, cette action est bien digne de celle que vous avez déjà faite pour nous dans des temps plus heureux. Vous méritez d'être distingué de ces faux amis que je devais à la fortune, et qui n'ont pas manqué de m'abandonner en même temps qu'elle. J'accepte votre présent; et si ma fatale destinée ne me permet jamais, à moi ou à mes enfants, de vous le rendre, je prierai notre saint Prophète de se charger lui-même de cette dette sacrée.

Il me confia ensuite qu'il se rendait à Fayoum, chez un de ses parents qui faisait le commerce des drogues, et près duquel il espérait trouver un asile. J'embrassai tendrement mon cher Méhémed, à qui je glissai secrètement dans la ceinture une autre bourse pour ses besoins particuliers; ensuite nous nous séparâmes le cœur plein de tristesse et de regrets.

Cinq années s'écoulèrent sans que je reçusse une seule fois des nouvelles de Méhémed, ce qui, je l'avoue, m'était extrêmement sensible. J'avais appris fort indirectement la mort du cadi et la dispersion de sa famille; mais l'indifférence de mon élève, en quelque endroit qu'il fût, me paraissait inexplicable. Le terrain sur lequel était la maison du cadi avait été acheté par un de ses anciens voisins, qui en avait fait un jardin fort agréable. Ce voisin, voulant s'aller fixer dans la ville d'Alexandrie, mit son jardin en vente; et comme il n'était pas éloigné de notre maison, ma mère et ma femme me pressèrent d'en faire l'acquisition. J'éprouvais une secrète répugnance à m'approprier un terrain qu'on avait enlevé violemment à des personnes que je considérais comme mes amis; mais ma mère me représenta que ce scrupule ne méritait pas que je m'y arrêtasse : que ce terrain n'était plus le leur, et que ces personnes, après tout, ne paraissaient guère mériter ce nouveau sacrifice. Elle ajouta que si jamais quelqu'un de cette famille revenait au Caire, je serais toujours le maître de lui rendre sa possession. Ma femme appuya ce raisonnement par tant de prières et de caresses, que je ne pus résister plus longtemps à leurs désirs. Lorsque j'eus acheté le jardin, elles me demandèrent d'y faire bâtir un pavillon où elles iraient se divertir avec leurs amies : ce que je leur accordai encore. Dans le temps qu'on creusait les fondements de ce pavillon, on y trouva un vase scellé, que les ouvriers m'apportèrent fidèlement sans savoir ce qu'il contenait : c'était un trésor considérable.

— Ce terrain, me dis-je alors en moi-même, appartenait depuis si longtemps à la famille du cadi, qu'il est assez probable que ce trésor y a été déposé par quelqu'un de ses ancêtres. Il est donc de toute justice qu'il retourne à ses héritiers ; et c'est sans doute la Providence qui a inspiré à ma femme et à ma mère un si vif désir de posséder ce jardin, afin de faire tomber entre mes mains le secours qu'elle destinait de toute éternité à cette infortunée famille.

Dès le jour suivant, après avoir mis en sûreté le trésor, je partis pour Fayoum, où, de toute la famille du cadi, je ne trouvai que Méhémed, qui même avait été contraint de se mettre au service d'un conducteur de chameaux. Ma présence parut lui causer plus de confusion que de joie, soit qu'il se sentît humilié de sa misère, soit qu'il se reprochât son indifférence à mon égard, ou plutôt, comme je le compris à ses paroles, parce qu'il craignait que je ne vinsse lui redemander la somme que j'avais prêtée à son père. Je commençai par me plaindre de son silence. Il s'en excusa en me disant que n'ayant que d'affligeantes nouvelles à me donner, il avait craint de troubler mon repos.

— La fortune, continua-t-il, n'a pas cessé de m'être contraire, comme vous pouvez en juger par l'abaissement où je me trouve. J'ai perdu mon père, mes sœurs et mes frères : le dernier de tous, qui avait survécu aux autres, était allé en Perse acheter des drogues pour notre parent, chez lequel il demeurait; mais sans doute quelque aventure funeste aura aussi terminé son sort, puisqu'on n'en reçoit aucune nouvelle. Sans un malheur aussi constant, soyez assuré, Saëd, que je n'aurais point manqué d'acquitter envers vous la dette de notre père.

— Ne croyez pas, lui repartis-je, qu'aucun motif intéressé me conduise auprès de vous; je n'y viens, mon cher Méhémed, que pour vous annoncer la fin de vos cruelles infortunes.

Je lui racontai aussitôt le sujet de mon voyage. A ce récit il passa tout à coup d'une contenance sombre à des transports de joie qui me parurent bien naturels; il m'appela son père, son ami, son sauveur, et m'assura qu'il ne pouvait jouir pleinement de sa félicité si je ne lui obtenais la faveur de retourner au Caire, afin d'y vivre près de moi et de pouvoir se conduire par mes conseils. Qui n'eût été la dupe d'une reconnaissance si vive, et, j'ose dire, si bien méritée? J'employai tout ce que j'avais d'amis et de connaissances pour faire révoquer l'exil de Méhémed; leur zèle, soutenu de quelques riches présents, en vint à bout plus tôt que je ne l'espérais, et Méhémed revint habiter sa ville natale.

Héritier de toute sa famille, et maître d'un trésor considérable, Méhémed se trouva beaucoup plus riche que n'avait été son père. Mais les malheurs qu'il avait éprouvés, et surtout la condamnation honteuse du cadi, accusé de s'être enrichi par des voies criminelles, exigeait que le fils vécût avec plus de modestie et de réserve que tout autre; et c'est à quoi je l'exhortai d'abord. Mais ce jeune homme, qui prétendait ne vouloir se conduire que par mes avis, ne s'en jeta pas moins dans un excès d'opulence et de délices qui fit murmurer les honnêtes gens : on s'imagina que ce prétendu trésor n'était que le fruit des concussions du cadi, qu'il avait eu l'adresse de sauver du naufrage, et dont Méhémed n'avait osé jouir plus tôt. On tenait publiquement contre lui et sa famille les discours les plus injurieux. Son manque de docilité ne put refroidir mon zèle : je l'avertis charitablement du tort qu'il se faisait, et ne cessai de remplir envers lui les devoirs d'un père et d'un ami, que lorsque sa hauteur et son impatience me forcèrent à me retirer. Toujours prévenu en faveur de l'ingrat, j'attribuai à l'enivrement des richesses une conduite si peu reconnaissante, et j'espérai qu'il réparerait de lui-même sa faute envers moi, pour peu que je lui laissasse le temps de la réflexion.

Nous en étions là l'un et l'autre, lorsque je reçus la visite d'un homme décharné et mal vêtu qui se jeta à mon cou en m'appelant son cher maître. Je le regardais d'un air étonné, ne pouvant ni me remettre ses traits, ni me souvenir de son nom. Il fut obligé de le prononcer lui-même ; et je le reconnus aussitôt, quoiqu'il me parût extrêmement changé. Ce jeune homme était Noureddhin, le frère de Méhémed, qu'on croyait mort en Perse ; il y avait essuyé des aventures déplorables, et n'était revenu dans sa patrie qu'à force de courage et de résolution. Instruit à son retour de la nouvelle fortune de son frère, il accourut lui en demander sa part ; mais l'avarice endurcissant le cœur de Méhémed, il avait refusé de reconnaître Noureddhin, qui eut alors recours à moi pour vaincre l'opiniâtreté de son frère, n'ignorant point la part que j'avais à son bonheur, et supposant de là que j'avais quelque empire sur ses sentiments. Je ne lui cachai point que j'en étais assez mal satisfait, au contraire, et que nous vivions ensemble très-froidement ; mais je ne pus me persuader un instant que Méhémed poussât l'ingratitude jusqu'à renier son frère en ma présence, ni qu'il persistât à lui retenir injustement sa part de l'héritage de ses pères. Je me rendis donc sur-le-champ à sa maison, accompagné de Noureddhin.

Je lui dis que, quoique mes services et mon amitié méconnus m'en donnassent le droit, je ne venais point lui reprocher sa froideur et son indocilité.

— Vous n'êtes pas le premier, continuai-je, que le passage subit d'une grande misère à une extrême opulence ait jeté dans l'éblouissement ; et votre jeunesse vous excuse suffisamment à mes yeux, pourvu que vous ne persistiez pas dans votre conduite : le ciel vous offre au moins une belle occasion de vous retirer des piéges dangereux que l'orgueil et les plaisirs tendent à votre vertu, puisqu'en partageant votre fortune avec votre frère, vous la réduisez à des bornes plus convenables et plus faciles à conserver.

Méhémed me répliqua qu'il avait beau s'observer, il ne devinait point en quoi il m'avait donné lieu de me plaindre ; qu'il n'était plus d'un âge à se laisser condui... comme un enfant, et que j'avais tort de douter de sa reconnaissance parce qu'il montrait de la fermeté. Il ajouta que j'étais dans l'erreur au sujet de cet étranger qui se disait son frère, et qu'il allait faire châtier à mes yeux cet imposteur, puisqu'il avait eu l'audace de reparaître en sa présence.

— Arrêtez ! m'écriai-je avec émotion, sachez que je le défendrai au péril de mes jours, car j'ai la certitude que cet infortuné est votre frère Noureddhin : quand ma mémoire ne me rappellerait pas ses traits, les renseignements qu'il m'a donnés me forceraient encore à le reconnaître. Ne vous obstinez donc pas à le repousser loin de vous ; songez au sang qui coule dans ses veines : non-seulement il est votre frère, mais il est malheureux ; ses droits n'en sont que plus sacrés.

Méhémed me repartit alors que je l'offensais mortellement par ses paroles ; qu'il était prêt à partager tout ce qu'il possédait avec son cher Noureddhin s'il avait le bonheur de le revoir, mais qu'au lieu de cela il avait reçu des nouvelles si certaines de sa mort, qu'il ne pouvait douter de l'imposture de cet étranger. Il parla de la ressemblance que la nature se

plaît quelquefois à mettre entre les hommes sans la participa-
tion du sang, et soutint qu'il ne fallait pas en être la dupe. Je
le laissai se défendre quelques moments par des moyens si
visiblement hypocrites; mais à la fin, ne pouvant plus contenir mon indignation :

— Apprenez, lui répliquai-je brusquement, que vous ne
m'en imposez point par vos insidieux discours, et que si j'ai
feint jusqu'ici de vous croire dans l'erreur, c'était afin de vous
ménager et de vous laisser le temps de revenir de vous-même
à votre devoir. Vous ne persuaderez à personne q   tre
frère, qui a été reconnu de son parent et de moi, ne ...ssa
l'être de vous ; votre opiniâtreté n'est que le désir criminel de
le dépouiller de ce qui lui appartient. Vous méritez qu'il ne
garde à son tour aucune mesure et se fasse rendre justice par
force. Pensez-y lorsqu'il en est temps encore ; car s'il faut que
la chose éclate, je serai le premier à donner mon témoignage
contre vous.

— Vos menaces ne m'épouvantent point, me répondit
dédaigneusement Méhémed ; elles ne servent qu'à me confirmer ce que je soupçonnais déjà : c'est que vous vous enten-
dez avec cet imposteur pour m'enlever la moitié de ma fortune.

A ces mots, ma colère s'alluma au point que, me jetant sur
l'ingrat qui les prononçait, je le frappai de mon poignard,
sans que son frère pût me retenir. Méhémed tomba à mes
pieds. La vue de son sang, et les pleurs de Noureddhin, qui se
précipita sur lui avec toutes les marques d'un véritable désespoir, me rappelèrent à moi-même. Sans doute l'ingrat méritait
son sort, puisqu'au mépris de tant de bienfaits, il osait ajouter
l'outrage à l'ingratitude ; mais je n'en regardai pas moins avec
horreur le crime que je venais de commettre. J'appelai les
esclaves de Méhémed ; je leur déclarai que leur maître m'ayant
offensé, je venais de m'en venger moi-même ; qu'ils eussent

à lui porter secours, ainsi qu'à Noureddhin que sa douleur avait fait évanouir; et je sortis à la hâte de cette maison, sans que personne entreprît de m'arrêter. Méhémed expira le soir même en reconnaissant publiquement son frère; et moi je partis pour échapper aux recherches de la justice. Elle n'aurait sans doute aucun égard aux excuses dont je me servirais pour atténuer mon crime; mais je me flatte que, moins rigoureux qu'elle, vous me plaindrez de n'avoir pu maîtriser ma colère, dans une circonstance si propre à faire sortir un honnête homme des bornes de la modération.

Le solitaire convint des torts de Méhémed, et demeura également d'accord que ce vice est un de ceux qui excitent le plus l'indignation des hommes; mais il ajouta aussi que cette indignation, si prompte à s'allumer dans leur cœur, ne les empêche pas de tomber fort souvent eux-mêmes dans le même vice, pour peu que leurs passions ou leur intérêt y trouvent de l'avantage. Saëd lui répliqua qu'il n'était pas de ce nombre, et qu'il n'oublierait jamais l'humanité avec laquelle il venait de lui conserver la vie.

— Je veux faire davantage pour vous, continua l'habitant des ruines; car la vie ne vous serait qu'un présent funeste si je ne prenais soin en même temps de vous délivrer des chagrins qui assiégent la vôtre en ce moment. Mais auparavant, il est nécessaire que je vous apprenne qui je suis : vous avez devant les yeux un de ces prêtres égyptiens si célèbres par leurs sciences, et connus dès la plus haute antiquité sous le nom de prêtres de la déesse Isis.

Saëd, étonné de ces paroles, interrompit le solitaire pour lui dire qu'il croyait les temples et le culte d'Isis détruits depuis des siècles.

— Le monde entier en a la même opinion, répliqua le prêtre; mais la bonne déesse, qui n'est pour nous que la nature, est encore servie dans ces lieux souterrains par le plus humble et

le plus ardent de ses adorateurs. Lorsque l'Egypte eut été sou-
mise aux Romains, notre culte ne perdit rien de son éclat, et
nous eûmes la consolation de voir nos vainqueurs eux-mêmes
élever des temples à Isis. Cependant nous ne partageâmes pas
avec eux ce que la religion avait de plus important et de plus
secret : nos sciences, et l'interprétation de ces signes mysté-
rieux appelés hiéroglyphes, nous demeurèrent ; et nos ennemis
ne purent s'approprier que des emblèmes dont ils ne connaissaient pas la signification. Nous les dérobâmes également aux
chrétiens, qui se répandirent ensuite et nous enlevèrent, par
la force de leur éloquence, nos plus zélés partisans. Nous
nous soutenions néanmoins contre de si dangereux adver-
saires, et le culte de la bonne déesse subsistait encore quand
le farouche Omar acheva la conquête de l'Egypte. Le glaive et
l'Alcoran à la main, il fallut que tout cédât à la puissance de
ses armes. Dix prêtres, dont j'étais le plus jeune, échappés au
fer des Mahométans, vinrent chercher ici un asile. Nous avions
emporté avec nous la statue d'Isis ; nous la déposâmes sur un
autel, et jurâmes à ses pieds de lui être fidèles jusqu'à la mort.
Ce moment ne nous paraissait pas éloigné, puisque nous ne
pouvions espérer de trouver notre subsistance dans des lieux
si déserts, et que d'autres périls non moins grands nous menaçaient si nous osions reparaître aux yeux des vainqueurs.
Mais dès la première nuit que nous passâmes dans ce souterrain, le plus ancien de nous eut une vision dont il nous fit
part.

— O mes frères ! nous dit-il, la bonne déesse m'est apparue
pendant mon sommeil. Elle avait le visage à la fois doux et
sévère, comme une mère qui réprimande son enfant. Elle m'a
reproché notre peu de confiance en elle, et de douter que la
nature, si puissante et si libérale envers tout ce qui respire,
abandonne au besoin des créatures qui lui ont consacré leur

vie entière. Parcourez votre retraite, a-t-elle ajouté, et reconnaissez partout la main d'Isis.

Nous découvrîmes, en effet, que de longues avenues d'arbres fruitiers, rafraîchies par des sources d'eau vive, avaient crû dans ces lieux souterrains dans l'espace d'une seule nuit. Ce prodige de la nature fut suivi d'un autre non moins grand : ce fut la durée ou plutôt la succession continuelle de ces fruits, dont l'abondance était toujours la même. Toutefois, elle ne borna pas là ses bienfaits : nous fûmes encore préservés des maladies qui affligent la plupart des hommes, et nos jours se prolongèrent au point qu'aucun des prêtres ne descendit au tombeau avant deux siècles accomplis. Mais quelque longue que soit la vie des hommes, elle est toujours courte en comparaison de la durée de l'univers. Après avoir vu périr mes frères, je suis demeuré seul ici. Courbé à mon tour sous le poids des années, n'ayant plus qu'un souffle d'existence, et toujours plein de zèle pour notre antique religion ; je versais des larmes au pied de la statue d'Isis.

— O grande déesse ! m'écriai-je, bienfaitrice de l'univers, ton culte saint va donc tomber dans l'oubli ! Méconnue presque en tous lieux, tu n'as pour serviteur qu'un malheureux vieillard dont la voix débile est sur le point de s'éteindre. Ah ! malgré la triste solitude qui m'environne, j'aurais voulu vivre éternellement pour te louer et te bénir.

— Prêtre d'Isis, me répondit une voix, tes souhaits recevront leur accomplissement. Imite le phénix, consume dans les flammes ce corps usé par le temps ; une jeunesse sans cesse renouvelée sera le prix de ton courage. Mais deux conditions te sont imposées : tu ne peux passer par cette épreuve sans le secours de deux hommes ; il faut que leurs mains allument ton bûcher. Ainsi le veut la déesse, afin que ce privilège qu'elle t'accorde ne te fasse jamais perdre de vue que tu es homme, et que le besoin que tu auras de tes semblables entretienne dans 'ton cœur l'amour que tu leur dois. Soumets-toi aussi à voir cette fleur de jeunesse se flétrir avec une rapidité proportionnée au temps qu'il te faudra pour la reconquérir : cinq années suffiront pour te ramener au terme où te voici maintenant. Demain, au lever de l'aurore, j'enverrai au-devant de toi deux Arabes; fais en sorte de captiver leur bienveillance, car le service qu'ils te rendront doit être volontaire.

Ainsi me parla la voix. Le jour suivant, m'étant trouvé à la porte du souterrain, je vis les étrangers que la déesse m'annonçait. Assis sur les ruines du temple, ils répandirent des larmes. C'étaient deux frères au printemps de l'âge; le danger d'un père expirant sur son lit de douleur était la cause de leur tristesse. Une voix inconnue leur avait promis qu'ils trouveraient sa guérison dans les ruines de ce temple. Je parvins en effet à sécher leurs pleurs, les profondes connaissances que j'ai acquises me donnant de grands avantages sur les autres hommes, et j'obtins facilement de leur reconnaissance qu'ils me suivissent dans ces lieux, où je leur fis jurer de m'obéir ponctuellement. Ce ne fut pas cependant sans frémir qu'ils m'aidèrent à me sacrifier moi-même; mais l'expérience leur inspira plus de confiance, et tous les cinq ans ils reviennent fidèlement à mon secours. Toutefois, j'ai reconnu sur le visage de l'un d'eux les signes d'une maladie mortelle : il est venu ici pour la dernière fois; et ta présence, Saëd, est un nouveau bienfait de la déesse, puisque seule elle a pu permettre que tu découvrisses l'entrée de ce temple, que tu chercherais en vain dans un autre moment. Pour prix du bien que j'ai dessein de te faire, j'ose donc espérer que tu reviendras dans cinq ans prendre la place de l'Arabe que je ne dois plus revoir.

Saëd avait écouté le prêtre d'Isis avec toute l'attention qu'un discours si surprenant devait naturellement faire naître. Il ne

pouvait se persuader que le jeune homme qu'il voyait devant
ses yeux était le vieillard décrépit dont on avait célébré devant
lui les funérailles, et toute cette aventure lui paraissait un
songe. Le prêtre, devinant sa pensée, voulut le convaincre, par
ses propres yeux, de la réalité de tout ce qu'il venait d'entendre : il le conduisit dans les avenues souterraines, et lui fit
admirer et la fraîcheur de ces arbres et la beauté de ces fruits
que les rayons du soleil n'éclairèrent jamais. Il le mena aussi
dans le temple de la bonne déesse, où tout resplendissait de
l'éclat d'une infinité de lampes sur des ornements d'or et de
matières encore plus précieuses. La statue, vêtue d'une robe
nuancée qui exprimait la variété de la nature, cachait sa tête
sous un voile pour représenter l'obscurité mystérieuse dont
elle enveloppe le secret de ses opérations. Le prêtre, après avoir
montré à Saëd beaucoup d'autres choses intéressantes, qu'il
lui expliquait autant qu'il pouvait le faire sans trahir les
mystères de la déesse, tira d'un coffre d'airain un bracelet
d'une composition inconnue, et le remettant à l'Egyptien :

— Voilà, lui dit-il, ô Saëd! le présent que je vous ai promis. Tant que vous aurez au bras ce talisman, vous pourrez
vous présenter partout sans crainte ; un charme puissant rend
celui qui le porte également aimable à tous les yeux : tous les
cœurs le suivent sans qu'il puisse s'y opposer, et ses ennemis
même les plus acharnés ne respirent que pour son bonheur.
Muni de ce précieux trésor, non-seulement vous pouvez retourner au Caire, mais vous devez vous attendre à des prospérités
inouïes. Il ne s'agit plus que de me jurer que vous reviendrez
ici au bout de cinq ans, et d'être fidèle à votre promesse. Je
ne vous cacherai pas que je n'ai aucun moyen de vous y contraindre : mes bienfaits sont mon unique puissance ; ma vie
dépend de votre exactitude. Mais comment ne prendrais-je pas
confiance en vous, puisque vous êtes vous-même la victime
de l'ingratitude?

Saëd lui dit tout ce qu'il put imaginer de plus persuasif pour le confirmer dans cette dernière pensée. Il jura même entre ses mains de revenir au temps prescrit; et s'éloignant du prêtre d'Isis qui l'avait reconduit jusqu'à l'entrée du souterrain, il remonta à cheval, incertain encore du parti qu'il devait prendre. Tout ce qu'il avait vu dans le temple d'Isis était bien propre à lui faire prendre de la confiance dans le talisman; mais dans une occasion où il s'agissait de sa vie, il ne pouvait s'empêcher d'hésiter. A peine eut-il quitté le désert et rencontré des habitants, qu'il fut frappé lui-même de la bienveillance avec laquelle tout le monde l'accueillait. Il n'y avait plus pour lui d'étrangers : chaque homme semblait revoir en lui un ancien ami, et les visages les plus sourcilleux s'éclaircissaient en sa présence. Encouragé par ces essais, il continua sa route vers le Caire, et y arriva si rassuré sur son sort, qu'il osa descendre chez lui en plein jour. Ses parents et ses amis, effrayés de son audace, lui conseillèrent de fuir ou de se tenir caché, parce qu'il avait tout à craindre de la colère du sultan. Saëd riait de leurs alarmes, lorsque des gardes, avertis de son retour, vinrent le chercher jusque dans sa maison pour le conduire au divan, où le sultan rendait la justice. Ses amis le suivirent en déplorant sa folle assurance, et dans la persuasion qu'il était perdu sans retour. A peine fut-il en présence du sultan, que ce prince, qui ne prononçait son nom qu'avec horreur, laissa voir tout à coup sur son visage une expression d'indulgence et de bonté qui surprit tout le monde, mais que chacun partagea bientôt avec lui. Les amis de Méhémed, qui se portaient ses accusateurs, ne surent eux-mêmes que dire, et s'étonnaient de ne pouvoir conserver leur ressentiment. Saëd ayant obtenu la permission de se défendre, raconta son ancienne affection pour le fils du cadi, les services constants qu'il lui avait rendus, la fidélité avec laquelle il lui avait remis un riche dépôt, qu'il pouvait s'approprier impunément; et venant ensuite à son ingratitude et à la querelle funeste qu'elle avait excitée, il dit à ce sujet des choses si touchantes que l'auditoire fondait en larmes. Enfin, soit que ce fût l'ouvrage du talisman, soit que Saëd eût parlé avec une véritable éloquence et cette chaleur que donne toujours la confiance d'être applaudi, ce jour qui devait être pour lui si funeste tourna tellement à sa gloire, qu'en sortant du divan il fut ramené chez lui en triomphe. Toute la population du Caire se pressait pour le voir, et son nom était dans toutes les bouches, accompagné de mille bénédictions. Son bonheur alla plus loin : le sultan ne pouvant perdre le souvenir d'un homme qui l'avait si vivement intéressé, lui donna une place dans son conseil, et de là l'éleva à la dignité de grand-visir, lorsqu'il le crut suffisamment instruit des affaires de la province. Ceux qui, n'ayant aucun commerce avec cet heureux Égyptien, ne pouvaient éprouver la vertu du talisman, se demandaient avec surprise quelle espèce de mérite le sultan avait découvert dans cet homme pour le revêtir d'un emploi si éminent, et comment il était possible que Saëd, qui avait passé sa vie dans la modeste profession de maître d'écriture, pût être devenu tout à coup un homme d'état. Néanmoins, Saëd n'ayant plus besoin de paraître pour se faire aimer, et affectant pour cette raison même une grande popularité, le nombre des mécontents disparut bientôt et se perdit dans l'opinion générale, qui était toute en sa faveur. On n'avait pas encore vu d'exemple d'un grand sans envieux et sans ennemis, également cher au monarque et aux sujets. Les chagrins inséparables d'une haute fortune, tels que les murmures souvent injustes des petits, les cabales des courtisans, la légèreté des princes, et tant d'autres soucis qui assiégent les jours d'un premier ministre, étaient inconnus au fortuné Saëd. Ses prospérités l'enivrèrent au point qu'il s'imagina que son propre mérite était le véritable talisman auquel il les devait.

— Le prêtre d'Isis, se dit-il en lui-même, dans la nécessité où il est de recourir aux hommes, pour prolonger sa vie, aura feint de m'accorder un don surnaturel, pour s'assurer de ma reconnaissance. Mais était-il besoin d'un prodige pour me faire parvenir où je suis? Ma cause était bonne, je l'ai plaidée avec succès; le prince m'a rendu justice, et a voulu me dédommager de ce que j'ai souffert en m'élevant à la dignité de grand-visir. La manière dont je m'y conduis m'attire l'estime et l'affection de tout le monde : je ne vois rien là d'extraordinaire; et j'ai si peu de confiance dans le prétendu talisman que je ne veux plus en faire usage.

Ainsi raisonnait le vaniteux Saëd. Pour la première fois il parut à la cour sans son bracelet, et pour la première fois le sultan lui trouva peu de mérite et se repentit du choix qu'il avait fait. Il lui témoigna de l'impatience de le voir si peu instruit des intérêts de son gouvernement, et se retira d'autant plus de mauvaise humeur qu'il s'aperçut du peu de cas que le reste du conseil faisait des décisions du premier ministre. Les conseillers, à leur tour, jugeant à la brusque retraite du sultan que la disgrâce de Saëd n'était pas éloignée, ne lui épargnèrent ni leur froideur ni leur mépris. Comme Saëd sortait du divan, l'esprit inquiet et préoccupé, quelques personnes lui présentèrent des placets, qu'il reçut d'un air inattentif; c'en fut assez pour exciter le mécontentement des solliciteurs, et du peuple qui en était témoin. La jalousie si ordinairement attachée aux grands, et surtout à ceux que leur naissance tenait éloignés des honneurs, s'éveilla tout à coup dès qu'elle ne fut plus contenue par la puissance magique du bracelet; elle anima contre l'Égyptien jusqu'à ses meilleurs amis, qui se trouvaient aussi capables que lui d'être premiers visirs, et regardaient avec dépit sa singulière élévation. Cette épreuve humiliante le corrigea au moins de son orgueil; il se hâta de reprendre le bracelet, et s'avoua en rougissant qu'il était l'unique cause de ses succès. Son crédit, si fortement ébranlé, se raffermit ; le peuple et la cour oublièrent des impressions passagères, et tout rentra à son égard dans l'ordre accoutumé. Sa faveur augmenta avec tant d'éclat, que le sultan lui donna une de ses sœurs en mariage : ce qui occasionna des fêtes magnifiques.

Cependant le temps de la cinquième année, au bout de laquelle Saëd avait promis de retourner dans le souterrain, expirait. Son serment lui revint à la mémoire ; mais malgré tout ce que sa conscience pût lui dire, il ne put se résoudre à partir que les fêtes de son mariage ne fussent terminées, se disant à lui-même, pour s'excuser, qu'il ne pouvait offenser à ce point le sultan son beau-frère, et qu'il arriverait à temps pour remplir sa promesse. La veille même du jour qu'il avait résolu de partir, il fut transporté en songe dans le temple souterrain. Toutes les lampes y jetaient une clarté mourante dont le coupable Saëd ne put s'empêcher de frémir et de tirer de funestes présages. Il parvint dans le sanctuaire de la déesse. Là le prêtre étendu sur les marches de l'autel exhalait son dernier soupir. A la voix de l'Egyptien, il ouvrit ses yeux appesantis et lui reprocha avant de mourir son infidélité.

— Ingrat ! lui dit-il, Méhémed, dont tu t'es vengé avec 'ant de furie, n'était pas si coupable que toi. Si l'amour des richesses lui avait fait méconnaître son frère et outrager son bienfaiteur, toi tu laisses mourir le tien pour satisfaire à ton ambition. Va, tu ne jouiras pas longtemps du fruit de ton crime : l'ingratitude impunie parmi les hommes ne manque jamais d'être poursuivie par les dieux vengeurs et tu l'éprouveras !

A ces paroles menaçantes, Saëd épouvanté se réveilla et partit sans attendre le jour. Il se flattait néanmoins que ce songe n'était que l'effet de son imagination troublée. Parvenu aux ruines, le premier objet qu'il découvrit fut l'Arabe qui

devait préparer avec lui le bûcher régénérateur. Ce dernier
remontait à cheval. Son visage triste, ses yeux baignés de
pleurs ôtèrent à Saëd le courage de l'interroger.

— Que venez-vous chercher dans ces lieux? lui demanda
l'Arabe d'un air sombre. Notre bienfaiteur n'est plus : votre
odieuse ingratitude lui a ravi le jour. Je l'ai porté sur les
marches du temple, où il a voulu expirer aux pieds de sa
déesse. Là il m'a béni d'une voix languissante, mais pleine
de tendresse; car il sait que j'ai tout quitté pour venir à son
secours.

L'Arabe se tut; et piquant aussitôt son cheval, il se hâta de
s'éloigner, comme ne pouvant supporter davantage la présence
d'un ingrat. Saëd, accablé de remords, erra longtemps parmi
ces ruines, cherchant en vain l'entrée du souterrain, pour
baigner de ses larmes la tombe de sa victime. Surpris par les
ténèbres dans ce lieu désert, un lion superbe l'y rencontra, se
jeta sur lui, et le mit en pièces.

O prêtre de la nature ! s'écria Saëd prêt à périr sous la dent
du furieux animal, mon ingratitude a causé ta mort : la nature
s'est chargée de ta vengeance.

———————

Cette histoire, que je croyais propre à me distraire de moi-
même, m'y ramena au contraire plus d'une fois, malgré tout
ce qu'elle avait d'étranger par rapport aux mœurs et aux
situations; mais le caractère de l'homme est partout le même.
Il n'est que trop vrai qu'on tombe fréquemment dans les
fautes qu'on blâme le plus dans autrui, et que le juge et
l'accusé peuvent tour-à-tour changer de rôle. J'avais horreur
de l'ingratitude de Saëd; mais n'était-ce pas aussi l'ambition
qui m'avait arraché des bras de ma mère? et maintenant que
je connaissais mieux la grandeur du sacrifice qu'elle s'était
imposé en me laissant partir, pouvais-je répondre des suites

qu'il aurait? Malgré les tristes réflexions qu'elle m'inspira, cette lecture ne laissa pas de me faire beaucoup de plaisir, et je me promis bien de ne pas négliger une ressource si agréable.

CHAPITRE XIII.

De quelle manière George passait le temps dans sa retraite.

La première année que je passai dans l'île s'écoula bien plus promptement qu'on ne serait tenté de le croire, d'après la profonde solitude qui y régnait. On s'imaginera naturellement que l'ennui qui s'empare souvent des hommes au milieu des distractions de la société, ne devait pas épargner un pauvre exilé livré à ses seules ressources, et n'ayant d'autre compagnie que celle des bêtes; cependant il n'en était rien. Les travaux que j'avais entrepris, ma vie nomade pendant six mois, le soin de pourvoir à ma subsistance, toutes ces occupations mêlées de plaisirs et d'inquiétudes me délivrèrent du moins de cette langueur fastidieuse qu'on appelle communément de l'ennui. Il m'était plus difficile d'éviter les mouvements de désespoir dans lesquels me jetaient souvent mes propres réflexions lorsque je venais à penser que je me trouvais, à mon âge, séparé de tout l'univers, sans avoir la certitude de sortir un jour de mon exil. Je passais alors plusieurs heures à pleurer avec une amertume inconcevable. Toutes les idées que je m'étais faites d'une ville située de l'autre côté du lac, sans être absolument détruites, ne faisaient que flotter dans mon esprit, sans avoir assez de force pour me consoler. Sou-

vent même, découragé de ne rien voir paraître qui pût confirmer mes conjectures à cet égard, je traitais mes espérances
de folies et de chimères ; mais plus souvent encore je les appelais à mon secours.

Mes occupations étaient réglées avec un certain ordre. J'a-
vais un temps prescrit pour le travail et un autre pour le
plaisir. Dans le premier, se trouvait compris tout ce que la
nécessité exigeait de moi pour l'entretien de ma vie : la récolte
des bananes, la pêche, la chasse aux petits oiseaux, les répa-
rations ou les améliorations de mes deux logements, etc. La
lecture, la promenade, le bain, me servaient de récréations. Je
me divertissais à voir mon chien poursuivre le gibier au
milieu des bois et sur les collines ; quelquefois, d'un endroit
élevé et découvert, je les voyais tourner tout autour de moi ;
j'étais témoin de leurs ruses, de leurs combinaisons ingénieu-
ses, et j'admirais intérieurement des animaux qui, n'ayant
peut-être jamais vu d'autre chien qu'Azor, se trouvaient tout
d'un coup si habiles à s'en défendre. Il en était de même des
poissons, que je prenais d'abord avec la main, et qui devinrent
en peu de temps si remplis de défiance, que j'étais obligé
d'employer beaucoup d'art à les pêcher. Enfin il est une autre
chose que je dois faire entrer au nombre de mes plaisirs, c'est
celui de ne rien faire. Dans les pays septentrionaux, l'oisiveté
est presque toujours accompagnée de l'ennui, parce que la
température du climat y donne à nos corps et à nos esprits une
activité qui a besoin d'aliment ; mais sous un ciel ardent, la
fraîcheur et le repos deviennent par eux-mêmes de véritables
plaisirs, indépendants de toute autre circonstance. Voilà pourquoi les habitants des pays chauds sont naturellement indo-
lents ; voilà pourquoi ils vantent sans cesse la volupté qu'on
goûte à jouir de la fraîcheur des arbres sur le bord des fon-
taines. Je cédais comme eux à ce mol abandon, et je passais
volontiers deux heures étendu à l'ombre des bocages, sur les

rives du lac, prêtant l'oreille au doux murmure des ondes qu'une faible brise agitait entre les roseaux. Je m'avisai aussi d'une autre sorte de divertissement en essayant de jouer de la clarinette (le lecteur se rappelle que j'en avais sauvé une du naufrage). Il est vrai que je ne savais pas une note de musique, et n'avais pas la moindre connaissance de cet instrument; cependant je ne laissai pas de l'étudier et d'en tirer quelque parti. A force de travail et de patience, je parvins à jouer sur cette clarinette tous les airs que je savais. Non-seulement j'y trouvais ce plaisir que donnent toujours les difficultés vaincues, mais je me flattais que le vent ou les échos porteraient ces sons assez loin pour qu'ils fussent entendus des habitants de l'autre rive, et que ceux-ci, guidés par eux, viendraient enfin au secours du nouvel Orphée qui les produisait. Dans cette intention, je me plaçais le soir à l'entrée de ma tente, et je passais une partie de la nuit à faire de la musique. Les échos répétaient mes airs de colline en colline, mais ils furent les seuls qui parussent les entendre.

Le climat sous lequel je me trouvais est l'un des plus délicieux du globe. Les jours y sont égaux aux nuits, et l'ardeur du soleil s'y trouve tempérée par la fraîcheur que répandent les eaux de la mer et du lac, par l'ombrage d'un nombre infini de grands arbres qui y croissent avec beaucoup de vigueur. A la vérité les orages y sont fréquents, d'une violence extraordinaire, et accompagnés des pluies abondantes qui durent plusieurs jours; mais ces crises sont suivies de tant d'avantages qu'on doit les regarder plutôt comme des bienfaits que comme des fléaux. Elles rendent à l'air sa salubrité, et raniment la végétation d'une manière miraculeuse, ainsi que je l'ai déjà dit une fois. Les saisons n'y sont point divisées comme en Europe; il y a des fleurs, des feuilles et des fruits en tout temps; à l'exception d'un très petit nombre d'arbres qui perdent leurs feuilles pour quelques mois, tel que l'arbre monstrueux dans lequel j'étais logé, les autres ne se dépouillent jamais entièrement ; à côté d'un fruit mûr s'en développe un autre à peine formé ; la feuille ne se détache que pour faire place à une feuille plus fraîche, et la fleur se trouve toujours entre le fruit et le bouton. Je n'ai jamais aperçu sur cette terre aucun animal dangereux ; les reptiles même y sont en petit nombre et fort timides : au lieu que les oiseaux, les quadrupèdes innocents et les poissons y abondent. Le seul être qui m'y ait inspiré de l'effroi est une chauve-souris d'une grandeur démesurée, qui voltige dans l'air aussitôt après le coucher du soleil. La première fois que je l'aperçus, son aspect me parut si affreux que je me cachai au fond de ma tente pour n'en sortir qu'au jour ; mais insensiblement je m'y accoutumai, et l'horreur que cet animal me causait ne fut pas assez grande pour m'empêcher de jouir de la beauté des nuits. Tel était le lieu où il avait plu à la Providence de me placer. Je me disais souvent en moi-même : — Certainement, il est déplorable à mon âge de vivre absolument seul, de mener une existence sauvage, après avoir connu les douceurs de la civilisation, et de voir se terminer par une semblable catastrophe un voyage dont j'attendais de si grands avantages ; mais à travers tant de sujets de douleur, que de grâces n'ai-je pas à rendre au ciel quand je songe à tous les maux dont j'étais menacé ! Dieu m'a conduit ici comme par la main ; car de tous ceux qui m'ont abandonné dans ce fatal vaisseau, aucun assurément ne doute à présent de ma perte, tant elle paraissait certaine. Je n'en doutais pas moi-même, et je me serais estimé heureux, pendant cette navigation aventureuse, d'avoir pour asile le plus effroyable désert. Je me trouvais dans le voisinage de l'Afrique, dont les rivages sont désolés par les tigres, les lions et les anthropophages, espèce d'hommes plus dangereux que les bêtes féroces elles-mêmes, parce qu'on n'a pas autant raison de s'en défier. Je pouvais aborder dans ces parages redoutables, et ne sortir d'un péril que pour retomber dans un plus grand. Au lieu de cela me voici dans un véritable paradis terrestre, abondant en fruits, peuplé d'animaux innocents, et dont la solitude même augmente la sécurité. Ce n'était pas assez que je pusse m'y sauver des écueils de la mer, la Providence a mis elle-même mon vaisseau à l'ancre, en l'enfonçant dans le sable, afin que j'eusse le temps d'en retirer les objets qui m'étaient nécessaires. O mon Dieu! continuai-je en me jetant à genoux, il est donc vrai que plus le péril de tes créatures augmente, plus tu déploies en leur faveur de puissance et de bonté, tellement que celui qui croyait d'abord n'avoir que des plaintes à proférer, ne peut réfléchir un moment sur lui-même sans trouver mille sujets de te bénir.

C'est ici l'occasion de rapporter une petite aventure qui m'arriva peu de temps après que je me fus établi au bord du lac, parce qu'elle devint pour moi un nouveau bienfait de la Providence. Le lecteur n'a point oublié que j'avais quatre poules, dont les œufs me fournissaient le mets le plus délicat de ma table. J'eus le chagrin d'en perdre deux qui disparurent l'une après l'autre, sans qu'il me fût possible de deviner ce qu'elles étaient devenues. Je supposai néanmoins que quelque animal les avait mangées, et la crainte de perdre aussi les deux autres m'obligea de les retenir prisonnières ; mais, soit que la perte de leur liberté en fût la cause, soit que, habituées à vivre d'insectes et de graines, qu'elles savaient choisir mieux que je ne pouvais faire, elles ne s'accommodassent plus aussi bien d'une autre nourriture, elles périrent l'une et l'autre à mon grand regret. Je les pleurai plus encore pour elles-mêmes que pour les présents que j'en recevais. C'étaient avec mon chien les seuls animaux qui entendissent ma voix dans cette solitude, les seuls du moins qui y répondissent, et dont la douce familiarité me payait de mes soins. Les sentiments affectueux sont si naturels au cœur de l'homme, qu'à défaut

de ses semblables il s'attache à tout ce qu'il rencontre; car ce
ne sont pas seulement les animaux qui lui deviennent chers :
un arbre, une fleur, qu'il aura plantés, s'emparent de toute
sa sollicitude. Je résolus de chercher dans les bois un nid où
il y aurait de petits oiseaux, et d'essayer de les élever; mais
au lieu de celui que je cherchais, j'en découvris un autre bien
plus précieux, et qui me causa une joie inexprimable. Je vis
dans le creux d'un rocher, sous des halliers assez épais, un
gros oiseau que je reconnus pour l'une de mes poules que je
croyais perdues. Elle couvait un assez grand nombre d'œufs ;
mais persuadé qu'ils ne valaient rien, je me contentai d'emporter la poule dans ma demeure. Une autre surprise, non
moins agréable, m'y attendait à mon retour. C'était ma seconde
poule égarée, entourée d'une vingtaine de petits animaux qui
ne ressemblaient pas entièrement à des poulets, quoiqu'elle en
fût la mère. Pendant que je regardais mes nouveaux hôtes, la
couveuse s'échappa de mes mains, et retourna à son nid. Je
n'eus garde de la déranger, après l'exemple que j'avais sous les
yeux. Elle revint d'elle-même au bout de quelques jours,
accompagnée d'une famille semblable à celle de sa sœur, qui
tenait en même temps de la poule et de la pintade, d'où je
conclus que mes exilées avaient fait en se promenant la conquête de quelque coq de pintade, cette espèce étant assez com-
mune dans l'île. On devine aisément combien je dus apprécier
un si grand avantage. J'étais assuré désormais de ne plus
manquer d'œufs. Je pouvais même me régaler par la suite
d'un plat de rôti fort délicat; mais j'avais trop de plaisir à voir
courir autour de moi ces jolies petites familles pour m'arrêter
à des projets capables de leur coûter la vie.

Je m'étais proposé plusieurs fois de chercher les moyens de
traverser le lac, que j'avais pris d'abord pour une large rivière,
mais que les diverses courses que je fis autour par la suite
m'apprirent à connaître enfin pour ce qu'il était. Je n'en ...

pas plus avancé. Non-seulement il était fort étendu, mais il me devint impossible de suivre longtemps ses rives. Sa forme était celle d'une poire à poudre. La partie arrondie se trouvait encaissée entre de hautes montagnes remplies d'escarpements et de fondrières inaccessibles, ou du moins qui me parurent tels, car j'avoue que le seul aspect de ces montagnes sauvages, dignes de servir de retraite aux bêtes féroces, m'ôta le courage de pénétrer plus avant. La partie étroite du lac se terminait par des marais embarrassés de tant de joncs et de plantes épineuses, qu'il ne me fut pas plus aisé d'avancer de ce côté que de l'autre, de sorte que ce lac était réellement pour moi comme une rivière qui me séparait de la moitié de l'île. J'ai beau appeler ainsi le lieu que j'habitais, il n'en faut pas conclure que je le connusse alors parfaitement; ce n'est que fort longtemps après que mes idées se sont fixées à cet égard.

CHAPITRE XIV.

Un violent désespoir met en danger la vie de George.

Le peu de succès de mes tentatives pour passer de l'autre côté du lac me portèrent à me résigner plus paisiblement à mon sort.

— Tu ne peux rien de plus que tu n'as déjà fait pour t'affranchir de ta captivité, me dis-je à moi-même; supporte-la donc, puisqu'enfin c'est la volonté du ciel. S'il a résolu que tu meures en ces lieux, tous tes efforts ne te feront pas sortir; si au contraire il veut ta délivrance, les moyens ne lui man-

5

queront pas. La seule chose que tu as à faire, c'est de te soumettre et de travailler sans cesse à l'amélioration de ton sort.

Dès que je fus parvenu à envisager ainsi de sang-froid ma position, je la supportai avec plus de patience. Plus je m'armais de courage, plus son horreur même diminuait à mes yeux, comme il arrive de tous les objets effrayants avec lesquels on ose se familiariser.

— Pour quelques jours que j'ai à vivre, me disais-je encore, n'est-il pas indifférent que je les passe dans le monde ou dans la solitude? ma mère, mes sœurs, mon frère, ces tendres objets de mes regrets, n'aurait-il pas fallu m'en séparer tôt ou tard? Si je n'ai qu'un bien petit nombre de vertus à exercer ici, je m'y trouve aussi à l'abri de beaucoup de vices dans lesquels je me serais peut-être laissé entraîner.

Ces réflexions prouvent que j'étais devenu philosophe dans ma retraite, et que mes lectures m'y formaient le cœur et l'esprit. On passe promptement de l'enfance à la raison, lorsque la nécessité nous oblige de méditer jusqu'à nos moindres démarches, et qu'il faut être à soi-même son guide et son consolateur.

Ne me nourrissant à peu près que de végétaux, que j'allais recueillir quelquefois à d'assez grandes distances, j'imaginai de réunir ceux qui m'étaient utiles, d'en former un jardin, et d'essayer par la culture de leur donner plus de saveur. Je choisis un terrain d'une nature facile à travailler, sur le bord du lac, dont la fraîcheur devait lui être favorable; je lui traçai une forme régulière, je détruisis à l'aide du feu les arbustes qui l'encombraient, et j'entrepris ensuite de le défricher; mais quelque accoutumé que je fusse au travail, celui-là me parut d'autant plus pénible que je manquais de bons outils. Les miens s'étaient émoussés. Je me souvins alors de ceux que j'avais laissés dans le vaisseau, et formai le projet de les aller

quérir, si toutefois j'étais assez heureux pour retrouver le
ruisseau à la même place.

Je partis avant le lever du soleil avec mon chien, mon bâton
et mon sac de provisions, à peu près dans le même équipage
que lorsque j'allai à la découverte du lac de l'Espérance.
Comme c'était un dimanche matin, je me rendis d'abord à ma
chapelle de Sainte-Clémence pour prier Dieu. Ma prière ter-
minée, je m'arrêtai un moment pour admirer le tableau qui se
développait devant moi. Des brouillards, semblables à des draperies flottantes, enveloppaient la surface du lac et le pied des
collines. Celles-ci paraissaient au milieu de ces nuées blanches
comme des îles couronnées de verdure, jusqu'à ce que les
rayons du soleil vinssent dissiper toutes ces vapeurs et fixer
enfin ce tableau mouvant. Alors la rosée étincela de mille couleurs, les oiseaux recommencèrent leurs chants, les fleurs em-
baumèrent l'atmosphère, un vent frais balança la cime des
arbres, et donna aux vagues du lac une ondulation plus vive
et plus gracieuse. Je me mettais en route à la suite d'un de
ces violents orages dont j'ai parlé, parce que dans un autre
temps j'étais incertain de trouver de l'eau sur ma route, et
que j'en aurais certainement manqué dans la partie de l'île où
je me rendais. Cette circonstance, en augmentant les charmes
de la nature, donna un nouvel agrément à mon voyage.
Jamais je ne me sentis plus gai et plus dispos que dans ce
jour qui devait se terminer pour moi d'une manière si cruelle!
Je revoyais avec plaisir tous les lieux où j'avais dressé ma
tente et campé pendant ma translation. Je m'arrêtai vers le
milieu du jour sous un ombrage fort épais; Azor et moi nous
mangeâmes des ignames cuites, nous bûmes de l'eau d'un
petit ruisseau, et nous nous reposâmes de notre marche en
goûtant un sommeil paisible. Je pouvais dormir en tous lieux
avec la plus parfaite sécurité, aucun bruit menaçant n'inter-
rompait mon repos; si quelque chose me réveillait, c'était le

souffle du zéphir, le murmure éloigné des vagues, les chants des oiseaux, ou les caresses de mon chien fidèle.

D'aussi loin que j'aperçus l'Océan, j'y cherchai inutilement mon vaisseau ; mais cette perte me fut peu sensible, parce que je m'y attendais. Il me paraissait difficile en effet qu'il eût résisté si longtemps à l'effort des vagues. Je ne laissai pas néanmoins d'avancer, pour voir si j'en découvrirais sur le grève quelques vestiges. Un autre objet s'empara bientôt de toute mon attention : c'était un soulier d'homme à demi usé et jeté négligemment sur le sable. Un peu plus loin je reconnus l'empreinte de plusieurs chaussures semblables, et plus loin encore les restes d'un feu éteint, autour duquel on paraissait s'être assis en cercle. Ces indices m'apprenaient clairement qu'un navire s'était approché de l'île, qu'une partie de l'équipage était descendue à terre, et que ma délivrance aurait été certaine si je ne me fusse pas éloigné de ce rivage. Toutes ces idées se présentèrent rapidement à mon esprit et me plongèrent aussitôt dans le plus violent désespoir qu'on puisse imaginer. Je me roulai sur le sable en poussant des cris déchirants, je m'arrachai les cheveux, j'accusai le ciel de barbarie, et j'exhalai à travers mille sanglots les plaintes les plus amères. Je ne me souvenais plus des bons sentiments dans lesquels je me trouvais à mon départ. Tous les bienfaits de la Providence s'effacèrent de ma mémoire pour me laisser voir que ses rigueurs. Je me regardais comme le triste objet de la colère céleste ; ma perte me semblait résolue, et je n'avais plus d'espoir que dans la mort. Au milieu de ces désolantes pensées, je continuais de gémir avec une violence qui épuisa enfin mes forces et me laissa sans sentiments. J'ignore combien de temps je demeurai dans cet état, mais en ouvrant les yeux je vis Azor à mes côtés qui me léchait affectueusement les mains. Ses caresses m'attendrirent, je les lui rendis en versant de nouvelles larmes.

En ouvrant les yeux, je vis Azor à mes côtés (page 100)

Cher compagnon de mes malheurs, lui disais-je, tu es la seule consolation qui me reste. Je te dois de me savoir encore cher à une créature sensible, même au milieu de cette profonde solitude, et séparé de mes semblables; mais ton amitié, toute vive et dévouée qu'elle est, ne peut suffire à mon triste cœur. Tu ne saurais partager ni comprendre mes peines. Tous les lieux te sont égaux, pourvu que tes besoins s'y trouvent satisfaits, et tu ne tiens point à ce monde que je regrette par les liens les plus chers et les plus étroits.

Cependant un mal de tête accompagné d'une forte altération, m'obligèrent de me lever et de gagner le pied d'un arbre, où j'avais déposé mes provisions. Mes jambes se trouvèrent si faibles et si tremblantes qu'à peine pouvais-je me soutenir. Je me laissai tomber de nouveau sur la terre, je bus avidement de l'eau que j'avais apportée avec moi dans une calebasse, et bientôt je me sentis en proie à une fièvre dévorante. Mes idées se troublèrent, je devins le jouet de mille illusions. Tantôt je croyais voir et entendre ma mère qui venait me chercher sur ce rivage; tantôt je gagnais à la nage une chaloupe peu éloignée; d'autres fois il me semblait que des inconnus s'avançaient dans l'île, que je leur tendais les bras, que je faisais de vains efforts pour les appeler, mais que, retenu par une puissance invisible qui m'empêchait de les suivre, ils passaient sans m'apercevoir. La nuit entière s'écoula dans ces cruelles anxiétés. Lorsque la fièvre fut un peu calmée, je profitai de ce moment pour me traîner au bord d'un petit ruisseau, ma provision d'eau étant épuisée. Ce ne fut pas sans peine que je fis ce trajet, qui ne m'aurait pas coûté plus de dix minutes dans un autre moment, et durant lequel je fus contraint de me reposer plusieurs fois. Azor m'avait quitté pour aller à la chasse, je le vis revenir tenant une espèce de lapin, dont il avait l'air de m'offrir ma part. Pour moi, après avoir bu de l'eau, je me couchai sur le sable, et je m'abandonnai à un accablement qui m'appesantissait les paupières sans me procurer les douceurs du sommeil. La nuit et le jour suivant, mon mal devint encore plus grave. Je ne sortais de mes longs accès de fièvre que pour tomber dans un état d'abattement et de faiblesse qui m'ôtait jusqu'à la faculté de penser ; quoique je ne fusse guère capable d'apprécier le temps qui s'écoula, je suppose que je demeurai ainsi près de douze jours, sans presque changer de place, ni prendre autre chose que de l'eau; et lorsque la raison me revint, mon état me parut si misérable que je ne doutai pas de ma mort prochaine. Non-seulement je l'envisageai sans effroi, mais je trouvai même de la douceur à penser que tous mes maux allaient être finis. Les principes religieux dont on avait nourri mon enfance, se présentèrent à mon esprit et m'excitèrent à me préparer à ce moment solennel, auquel je me croyais parvenu. Je rassemblai mes forces pour offrir à Dieu ma repentance, et le remercier en même temps de ce qu'il daignait abréger mon exil. Enfin, je lui demandai avec ferveur que ma mère pût trouver dans ses autres enfants le dédommagement des chagrins que ma perte ne manquerait pas de lui causer. Néanmoins dans le temps même que je m'y préparais si saintement, la mort s'éloignait de moi et me rejetait de nouveau dans les embarras de la vie. La fièvre me quitta, je ne me sentis plus qu'une extrême faiblesse, qui dura d'autant plus longtemps que je ne prenais rien pour me fortifier. J'avais à peine la force de me traîner sous les arbres pour chercher quelques fruits tombés, et à leur défaut je mangeais du pourpier, seule ressource qui me restait pour ne pas mourir de faim. Oh! avec quelle amertume je me souvenais alors de la raison de ma mère! des tendres soins que cette bonne mère nous prodiguait à la moindre indisposition! et que n'aurais-je pas donné en ce moment pour recevoir un bouillon de sa main! Insensé! j'avais abandonné ma patrie pour être riche, lorsqu'en effet je n'y manquais de

rien. Je me plaignais de ma misère dans le temps que j'étais
dans l'abondance; Dieu, pour m'en punir, m'avait réduit à
manquer de tout, et c'était alors que je connaissais la véritable pauvreté. Rien n'aggrave plus une situation malheureuse
que de la comparer sans cesse à un état plus prospère; mais
aussi rien n'est plus naturel que de tourner les yeux avec
regret vers des temps heureux qui ne sont plus. Il est affreux
au reste de se voir abandonné mourant, sans espérance de
secours et de consolation, et je puis dire que cette époque de ma vie en est la plus déplorable. La force de la
jeunesse ou plutôt la volonté de Dieu, qui me destinait à de
nouvelles aventures, mit enfin un terme à mes souffrances, et
après une absence d'environ six semaines, j'eus la douceur
inexprimable de me retrouver au bord de mon lac.

CHAPITRE XV.

De l'événement qui inspira à George une nouvelle résolution.

Celui qui, au retour d'un long voyage, jouit des embrassements de sa famille et de ses amis, ne se trouve pas plus
heureux que je ne le fus de revoir ma petite colonie, mes
poules et mes pintades, qui avaient prospéré pendant mon
absence. Dès le lendemain de mon arrivée, impatient de me
dédommager du long jeûne que je venais de subir, je courus
jeter mes filets dans le lac. Ma pêche ne fut pas très-heureuse;
j'y suppléai par une pintade rôtie, car la faim m'endurcissait
le cœur, et pour la première fois je sacrifiai à ma sensualité

l'un de ces oiseaux innocents qui partageaient ma solitude :
j'avoue à ma honte que loin d'en éprouver quelques remords,
ce repas me parut si délicieux, que je me promis d'en faire
quelquefois de semblables. Rien ne manquait à mon festin :
l'eau, l'air et la terre m'en faisaient les honneurs. Le couvert
était mis sur une verte pelouse, au pied d'un arbre qui me
couvrait de son ombre; des feuilles de bananier, longues, sou-
ples et faciles à recevoir toute espèce de formes, me servaient
à la fois de porcelaines et de linge de table. Ma boisson toujours fraîche, coulait à quatre pas de moi dans un petit bassin
creusé dans le roc vif, et sur ma tête une foule d'oiseaux per-
chés sur les branches de l'arbre, semblaient célébrer mon
retour par des chants de triomphe. J'avais mangé souvent
dans le même lieu, mais ces circonstances ne me frappèrent
jamais comme dans ce moment, où tout ce qu'elles avaient
d'agréable était encore relevé par le souvenir de la misère
dont je sortais. Ainsi la Providence, toujours attentive à notre
bonheur, proportionne constamment le plaisir à la peine, et
sait faire naître nos plus vives jouissances de l'excès même de
notre détresse.

Je goûtai assez tranquillement pendant quelques semaines
le plaisir d'avoir échappé à la mort, de me sentir renaître,
pour ainsi dire, et de pouvoir jouir encore des beautés, et des
bienfaits de la nature; mais à mesure que je perdais le souvenir de mes maux physiques, le chagrin qui me les avait attirés
se réveillait dans mon cœur, quoique avec moins de violence.
Ce vaisseau qui, selon toutes les apparences, s'était arrêté si
près de moi, ne me sortait point de l'imagination, et je ne ces-
sais de déplorer la fatalité de mon étoile qui m'avait conduit
dans un lieu si éloigné de tout secours, sur la plus douteuse
espérance; tandis qu'en demeurant où je m'étais fixé d'abord,
ma délivrance eût été certaine. Il est vrai que ce rivage manquait d'eau les trois quarts de l'année, mais j'aurais pu

trouver le moyen d'y creuser une citerne, ou peut-être de découvrir une source moins éloignée, en la cherchant plus attentivement ; car dans l'enthousiasme que m'avait inspiré la situation du lac et mon empressement à m'y rendre, je me souciais peu du reste. Il s'agissait maintenant de prendre des mesures pour ne pas perdre à l'avenir une occasion semblable, si elle devait se présenter une seconde fois. Plus j'y réfléchissais, moins je trouvais le remède facile. Abandonner les bords du lac et toutes les commodités que j'y rencontrais, me paraissait une résolution désespérée à laquelle je ne pouvais me résoudre ; c'eût été renoncer à mille douceurs assurées, pour un avantage fort incertain ; mais d'un autre côté, mon éloignement des bords de la mer m'exposait à un exil éternel. Je m'avisai d'un expédient qui me sembla concilier ces deux objections ; ce fut d'établir sur le rivage une espèce de signal avec ces mots écrits :

« Qui que vous soyez, que la Providence fait aborder sur
» cette terre, ne l'abandonnez pas sans avoir recueilli un
» malheureux que la tempête y a jeté seul et sans secours ; et
» si vous mettez quelque prix à une bonne action, suivez la
» route que ces signaux vous indiqueront. »

J'en dressai en effet plusieurs autres à d'assez petites distances, sur lesquels on lisait *chemin du lac*, destinés à conduire sûrement les pas de ceux qui entreprendraient de me rejoindre. Tout cela n'était pas une chose facile à exécuter, mais j'avais déjà fait l'essai de ma force et de ma patience. Je choisis dans les bois, de jeunes arbres propres à me servir de poteaux, je les enfonçai en terre bien solidement, les uns plus près, les autres plus loin, selon que l'inégalité du terrain le requérait, car il fallait qu'un signal pût s'apercevoir du précédent. Faute de planches qui pussent me servir d'écriteaux, j'imprimai, à l'aide d'une liqueur violette, inaltérable à l'eau, que me fournissait le suc d'une petite baie, les inscriptions qu'on vient de lire, sur des bandes de toile blanche. Je roulai ensuite ces bandes autour des poteaux avec une telle précision qu'en tournant dans le même sens qu'elles, on ne perdait pas une syllabe de l'écriture. Si je n'avais dû placer que cinq à six de ces signaux, l'ouvrage n'eût pas été considérable ; mais comme il s'agissait d'une route de trois lieues, il n'en fallut pas moins de trente, ce qui m'emporta beaucoup de temps. Cet ouvrage, dont je ne retirai pourtant d'autre fruit que de me tranquilliser à l'avenir, fut le plus important de ma seconde année. La Providence semblait prendre plaisir à confondre ma vanité en rendant inutiles mes projets et mes inventions, et en se réservant de me secourir par des voies que je n'avais pu prévoir, afin qu'il me fût impossible de m'en attribuer le moindre mérite. C'est ainsi qu'elle multiplia mes animaux domestiques, après que je l'eus en vain essayé, et dans le temps que je les croyais perdus sans retour. De même ces signaux sur lesquels je comptais, et que je m'applaudissais orgueilleusement d'avoir construits, ne doutant point que je ne leur dusse un jour ma délivrance, ne me servirent nullement pour le but que je me proposais : cette délivrance m'arriva par un autre côté, ainsi qu'on l'apprendra bientôt. C'étaient autant de leçons que je recevais de la miséricorde du ciel, pour réprimer mon humeur naturellement présomptueuse, et me forcer à m'humilier. Je n'avais pas d'ailleurs réfléchi que mes inscriptions, écrites en français, n'étaient lisibles que pour mes compatriotes, ou un petit nombre de personnes versées dans la connaissance des langues étrangères, et qu'il pouvait aborder en ce lieu dix vaisseaux qui n'auraient pu comprendre ce qu'elles signifiaient. Cette inquiétude, il est vrai, ne manqua pas de me venir par la suite, mais j'espérai que le seul aspect de ces signaux et de leurs caractères, déterminerait les navigateurs à les suivre, ne fût-ce que par curiosité. Je crois assez inutile de dire que, durant mon travail et longtemps après qu'il fut achevé, je faisais de fréquents voyages du côté de la mer, jusqu'à ce que, rebuté du peu de fruit de ma persévérance, désespérant de sortir jamais de ces lieux, je me résignai de nouveau à mon triste sort.

Toutes les circonstances que je viens de rapporter m'avaient fait négliger les travaux de ma colonie, qui exigeait des soins d'autant plus continuels que mes ouvrages n'étaient pas extrêmement solides. Chaque orage y dérangeait beaucoup de choses. Je me mis donc à réparer, à édifier, à consolider ; et, lorsque tout fut en bon état, je repris mon ancien projet de me construire un jardin. Ce moment semblait être marqué pour devenir le signal des événements les plus remarquables de ma vie solitaire. Déjà une partie du terrain que j'avais choisi pour le cultiver, débarrassée des herbes inutiles qui la couvraient, était défrichée et dessinée régulièrement en carreaux de six pas de largeur. J'y travaillais avec courage, lorsque en levant les yeux, j'aperçus quelque chose d'assez considérable, flottant à la surface du lac. Je laissai là mon ouvrage pour m'avancer sur une langue de terre vers laquelle le vent poussait cet objet ; c'était le corps nu d'un homme noir. Je l'appelai en poussant des cris de joie ; hélas ! il ne pouvait m'entendre, la mort l'avait déjà frappé, et je ne recueillis qu'un cadavre. Le lecteur imaginera sans peine à combien de conjectures je m'abandonnai. J'examinai attentivement le corps, que j'avais sorti de l'eau et déposé sur le gazon ; il n'y paraissait aucune marque de violence, et rien ne m'empêcha de supposer que cet homme était tombé dans les eaux du lac en se promenant sur ses bords, ou plutôt, ce que sa totale nudité me rendait plus probable, qu'il s'y était noyé en prenant le bain. Il résultait de ces deux suppositions que l'autre rive était habitée, ainsi que je m'en étais toujours flatté, et que ses habitants étaient des nègres. Cette dernière découverte tempéra beaucoup la joie que la première devait me faire éprouver. Jusqu'alors occupé seulement du désir de me retrouver parmi des hommes, je n'avais guère réfléchi à l'espèce qui pouvait habiter cette terre, et je commençais à craindre, pour la première fois, que mes voisins ne fussent d'un naturel féroce. Il y en a de tels, qu'il vaudrait mieux rencontrer dans son chemin un tigre ou un serpent, puisqu'ils sont assez barbares, non-seulement pour arracher la vie à leurs semblables, mais pour leur faire éprouver les tortures les plus épouvantables. Je savais aussi qu'on trouve des peuplades nègres remplies d'humanité, et dont plusieurs navigateurs avaient reçu de grands secours dans leurs naufrages. D'un autre côté, je ne pouvais assez m'étonner de n'avoir point aperçu plus tôt ces habitants de l'autre rive, de n'en avoir point été découvert, moi qui n'en étais séparé que par un lac, dont les eaux poissonneuses et tranquilles invitaient à la navigation. Ma tente de palmiers, ma chapelle de Sainte-Clémence, placées sur des hauteurs, le feu que j'allumais pour cuire mes aliments, auraient dû paraître de l'autre bord et exciter la curiosité de ceux qui les remarquaient. Je ne pus me rendre raison de ces objections qu'en me persuadant qu'il y avait, à une grande distance du lac, une contrée plus fertile et plus agréable que ses bords, où les habitants s'étaient sans doute établis de préférence; que peut-être même des chemins impraticables les en séparaient, comme je m'étais rebuté de ceux que m'opposèrent la montagne où le lac paraissait prendre sa source; et enfin le hasard seul ou un accident avait conduit vers moi cet homme, dont je considérais les restes.

Je passai le reste du jour à rêver à cette aventure, et à regarder sur le lac si je n'y verrais rien paraître de nouveau, jusqu'à ce que la nuit, la faim et la lassitude m'obligèrent à me retirer; mais ce fut en vain que j'essayai de goûter un peu de sommeil : tous mes esprits étaient trop agités, et l'on ne saurait disconvenir que c'était à bien juste titre. Un pareil

érénement pouvait avoir pour moi de trop grandes conséquences pour me devenir indifférent. Je ne doutais plus désormais que les bords opposés du lac ne fussent habités, il s'agissait de connaître les mœurs de mes voisins, et de communiquer
avec eux, si je pouvais le faire sans danger; ce qui était au
reste fort difficile, de quelque côté que je considérasse cette
entreprise. La première difficulté était de traverser le lac, car
je ne me trouvais pas assez bon nageur pour me risquer dans
une si large étendue d'eau, et je n'avais aucun moyen de me
construire une chaloupe. Je me déterminai pour un radeau,
quoique je ne susse trop encore comment je m'y prendrais, et
que je redoutasse de me jeter dans un nouveau péril. Néanmoins, avant toute chose. je m'occupai de rendre les derniers
devoirs au corps du nègre que les flots du lac m'avaient apporté; je l'ensevelis sur le tertre même où il reposait encore,
entre des joncs et des roseaux.

— Qui que tu sois, lui dis-je, que tu aies vécu bon ou méchant, puisse le ciel avoir pitié de ton âme? Puissent tes compatriotes me recevoir vivant comme je te reçois, tout mort que
tu es, et me recueillir avec les sentiments de bienveillance que
ton seul aspect m'avait inspirés.

Ce devoir accompli, je commençai à construire mon radeau.
Je le composai de plusieurs gros faisceaux de roseaux et de
branches d'arbres liées étroitement ensemble avec des cordes
d'une espèce de liane, à la fois très-fortes et très-flexibles. Je
lui donnai trois pas de largeur en tous sens, et autant de
solidité qu'il me fut possible. On s'étonnera peut-être qu'une
invention si simple ne me fût pas venue plus tôt; mais souvent les idées les plus naturelles sont comme offusquées par
mille autres qui se croisent dans l'esprit d'un malheureux, et
l'empêchent de voir les choses sous leur véritable aspect.
D'ailleurs l'incertitude où j'avais été jusqu'alors n'était pas
propre à m'armer du courage nécessaire pour entreprendre un

voyage si périlleux ; il ne me fallait rien moins que la preuve évidente que je venais d'avoir, que je n'étais pas seul dans cette île. J'embarquai sur mon radeau les provisions que je jugeai devoir m'être nécessaires en cas que je ne trouvasse rien à manger sur l'autre rive ; mes instruments de pêche et et une belle pièce de drap écarlate, dont je comptais faire présent au roi du pays, pour me le rendre favorable. Je ne voulais point emmener Azor, parce qu'ayant dessein de ne m'aventurer qu'avec précaution, il était à craindre qu'il ne me découvrît ; mais ce fut en vain que j'essayai de m'en séparer : le pauvre animal s'étant jeté à la nage pour me suivre, je n'eus pas le courage de le repousser, et je m'abandonnai à tous les risques qu'il pouvait me faire courir. La veille de mon départ, prosterné devant l'autel que j'avais élevé au seigneur, je lui demandai de bénir la tentative que j'allais faire pour ma délivrance. En exigeant que les hommes se résignent à ses décrets, Dieu ne s'offense pas de leurs efforts pour sortir d'un état de détresse ; il approuve même qu'ils emploient à cet usage la raison et l'intelligence dont il les a doués. J'espérai donc qu'il m'accorderait son secours dans une entreprise si hasardeuse, qu'il détournerait mes pas des embûches secrètes, et ne me ferait rencontrer dans mes semblables que des amis et des libérateurs.

CHAPITRE XVI.

Des découvertes que George fit de l'autre côté du lac.

La prudence m'étant aussi nécessaire que le courage, je choisis une nuit pour m'embarquer, et j'attendis que la lune répandît assez de lumière, car il fallait néanmoins que je visse où je devais me diriger. Une brise légère qui s'élevait de mon rivage, et ridait toute l'étendue du lac en agitant harmonieusement les superbes roseaux qui le bordent, me donna le signal de mon départ. Je m'étais armé d'une rame, mais à peine eus-je avancé de quelques mètres, que le vent augmentant de force me poussa de lui-même du côté que je souhaitais, de façon que je n'eus qu'à me laisser conduire. Je n'étais pas cependant sans inquiétude au milieu d'un lac immense sur une fragile embarcation, et je ne pouvais m'empêcher de frémir en songeant à quoi tenait ma vie en ce moment. Toutefois la beauté paisible et majestueuse de ce lac éclairé par la lune, les paysages étalés sur ses bords, ma tente de palmiers, l'autel de Sainte-Clémence que je distinguais encore parfaitement, et qui me firent ressouvenir des bontés infinies que la Providence avait versées sur moi depuis trois ans, ranimèrent ma confiance et mon courage. Je me répétai une vérité que je m'étais déjà dite dans une circonstance plus périlleuse, c'est que, en quelque lieu que l'homme se trouve, il est partout sous la main de Dieu, et qu'il n'y a point pour lui de véritable danger ant que son cœur et ses projets sont innocents. Je sentais en outre qu'on ne se tire de certaines situations extraordinaires,

telle qu'était la mienne, qu'avec de la résolution et du courage. Je poursuivis donc ma route, si bien secondé par le
vent, que j'abordai sans peine au fond d'un golfe, à l'entrée
d'une épaisse forêt. Une navigation si heureuse me parut d'un
bon augure; mon espérance s'en affermit d'autant plus, et je
sautai à terre le cœur plein de consolation et de joie.

Le lecteur a dû remarquer que je passais facilement de
l'excès d'une impression à une autre, soit que ce caractère me
fût propre, soit qu'il tînt à ma grande jeunesse; mais le plaisir
que j'éprouvais de me trouver sur une terre où tendaient
depuis si longtemps tous mes vœux, me tourna tellement la
tête, que je regardai comme une pusillanimité d'être parti pendant les ténèbres, et méprisai fort étourdiment et ma prudence
et les périls que j'avais craints. S'il eût été jour, j'aurais sans
doute marché ouvertement au-devant des aventures. La
réflexion, au reste, eut bientôt calmé ce mouvement impé-
tueux, et pendant le temps qui s'écoula jusqu'à la naissance
du jour que je fus obligé d'attendre, n'osant m'engager dans
la noire profondeur de cette forêt, j'eus tout le loisir de penser plus mûrement à ce que j'avais à faire. Sur ce rivage
comme sur l'autre, quand le matin parut, je n'entendis que le
gazouillement des oiseaux et les bruits auxquels j'étais accoutumé, mais rien qui m'annonçât des habitations et des hommes. J'amarrai fortement mon radeau à une racine d'arbre, je
me chargeai de quelques provisions, et ayant attaché mon
chien en laisse afin de me rendre maître de ses mouvements,
je me mis en marche à travers la forêt. Elle me parut considérable, surtout du côté du couchant, où les arbres croissaient
si près les uns des autres qu'il était difficile d'y pénétrer. A
l'orient elle s'ouvrait par intervalles et formait de vastes clai-
rières à travers lesquelles on apercevait une campagne plus
découverte, d'un aspect uniforme et sauvage, et parsemée de
rochers. Je parvins dans un endroit où il y en avait un si

grand nombre et qui affectaient des formes si extraordinaires, que je jugeai, d'après leur position, que c'étaient ces rochers que j'avais dû prendre de loin pour une ville. Je m'assis à leurs pieds pour goûter quelques moments de repos, et déjeuner avec Azor, qui s'ennuyait beaucoup de ne pouvoir courir librement autour de moi. Les bananiers étaient rares dans cette partie de l'île, j'en vis à peine une douzaine aux environs du lac, et le seul fruit que j'y remarquai au-delà, fut une espèce de mûre plus grosse, mais assez semblable à celles qui croissent en France sur les haies. Je ne fus pas plus tôt assis que, sans m'en apercevoir, cédant à la fatigue, je m'endormis d'un profond sommeil. Il était plus de midi lorsque je me réveillai, fort inquiet de mon imprudence et de m'apercevoir qu'Azor avait profité de mon sommeil pour recouvrer sa liberté. Le calme et le silence continuaient de régner dans ce pays, ce qui me fit craindre que je n'eusse beaucoup de chemin à faire pour arriver à quelque établissement. J'essayai de monter sur les rochers pour découvrir les environs ; leur forme, et les ronces armées de longues épines qui les couvraient, me forcèrent d'y renoncer. Malgré les apparences de sécurité qui m'environnaient, n'osant appeler mon chien que j'attendais depuis une heure, je ne doutai point de sa perte, et je me décidai, non sans de vifs regrets, à poursuivre sans lui mon voyage. J'aperçus bientôt une montagne qui me parut éloignée tout au plus d'une demi-lieue, et du sommet de laquelle il me sembla qu'on devait dominer sur tout ce pays. Ce fut là que je me dirigeai, en suivant les bords d'une petite rivière qui coulait tumultueusement à travers des prairies, et paraissait descendre de la montagne. Cette route n'était pas sans agrément, et je rencontrai des sites que j'aurais remarqués partout ailleurs, mais qui ne pouvaient entrer en comparaison avec les bords enchanteurs que j'habitais de l'autre côté du lac. Je ne pus cependant m'empêcher d'admirer la

114 LE ROBINSON FRANÇAIS.

chute pittoresque que faisait la rivière sur le penchant de la montagne, ou plutôt c'était une suite de cascades qui descendaient par degrés des rochers dans la plaine, tantôt sous la forme d'une nappe d'eau au travers de laquelle on apercevait la couleur rouge du rocher et les plantes vertes qui le tapissaient; tantôt divisées, irritées par des obstacles, elles s'échappaient en mille petits ruisseaux qui fuyaient ensemble dans la prairie, où leur réunion donnait naissance à la rivière. Des arbres, des arbrisseaux, des lianes en fleurs, des mousses humides décoraient avec luxe ce superbe tableau. Je m'oubliai quelque temps, plongé dans une véritable extase, sans me souvenir qu'il eût été bien facile de me surprendre dans un lieu où le bruit des eaux m'empêchait d'entendre tout autre bruit.

J'abandonnai enfin cette cascade pour gravir l montagne, en cherchant un chemin praticable, car tout était plein de racines et d'excavations creusées par des pluies d'orages, et tellement couvert de ronces et d'herbages que je ne savais dans quelle direction m'engager. Ceux qui n'ont jamais voyagé que dans des pays cultivés et percés de routes publiques, ne sauraient se faire une idée des obstacles qu'on rencontre à chaque pas dans ceux où la nature règne seule. Il suffit cependant de se rappeler ce que deviennent parmi nous les terrains en friche, et combien il leur faut peu de temps pour nous fermer tous les passages, pour concevoir la peine que j'éprouvais à me frayer des chemins si sauvages. Je ne pus parvenir ce jour-là qu'aux deux tiers de la montagne, quoiqu'elle fût d'une hauteur assez médiocre. Néanmoins, comme elle dominait l'île, je jugeai assez bien de l'étendue et de la forme de celle-ci. Le lac me parut à peu près au centre; une chaîne de montagnes, dont celle où je me trouvais faisait partie, bordait la côte au couchant dans toute son étendue; le reste était une plaine parsemée de petites collines, et tout ce qui avoisinait la mer annonçait la même stérilité que je trouvai sur le rivage où je pris terre en sortant du vaisseau. Aussi loin que mes regards pouvaient s'étendre, je ne découvris aucuns vestiges d'habitations; et, si ces lieux servaient de retraite aux hommes, il fallait que ceux-ci menassent une vie absolument sauvage.

Ces réflexions me plongèrent dans la tristesse en m'ôtant l'espérance que j'avais conçue de ce voyage, et je me demandai avec amertume si je n'eusse pas mieux fait de demeurer tranquillement au bord de mon lac, où une heureuse illusion m'était au moins permise, que de venir m'asurer de ma misère, et perdre hélas! le seul ami qui me restait; je pensais à mon pauvre Azor. Je songeai à trouver un gîte pour y passer commodément la nuit; la manière dont je vivais depuis mon naufrage m'avait assez endurci à la fatigue, pour me rendre peu délicat à cet égard : je m'arrangeai donc passablement dans le creux d'un rocher, qui me protégeait contre la fraîcheur de la nuit, et je m'endormis après avoir gémi et soupiré pendant plusieurs heures.

CHAPITRE XVII.

Comment George rencontra des Compagnons d'infortune.

De quelle manière peindrai-je ma surprise, lorsqu'en ouvrant les yeux je vis à la fois mon fidèle Azor et un jeune homme d'environ douze ans, blanc comme moi, qui me tendit les mains d'un air suppliant, et me parla dans une langue qui m'était inconnue? Je me frottai les yeux, regardant cette apparition comme un songe; mais enfin assuré que je ne rêvais pas, et pensant voir devant moi un libérateur, je me jetai à son cou de la manière la plus affectueuse.

— Dieu soit loué! m'écriai-je, mes malheurs vont finir puisque j'ai rencontré un frère.

Le jeune homme me considérait avec étonnement; nous ne nous comprenions ni l'un ni l'autre. Il me prit par la main, et me montrant le rivage, il parut m'inviter à le suivre de ce côté. Nous descendîmes la montagne par un chemin plus rapide, mais en même temps plus commode que celui que j'avais choisi, et bientôt j'aperçus sur la grève deux hommes qui marchaient courbés, comme s'ils eussent cherché attentivement quelque chose, et plus loin une femme assise sur le sable, tenant entre ses bras un enfant endormi. Plus rapproché de ces étrangers, je devinai que j'avais devant les yeux une famille, car de ces deux hommes qui ramassaient des coquillages, l'un était d'un âge mûr, et l'autre un peu plus âgé que celui qui m'accompagnait, paraissait être son fils. Ils témoignèrent tous à mon aspect un étonnement qui n'était pas moindre que le mien. Mon compagnon leur ayant sans doute raconté notre entrevue, le père s'avança vers moi et me dit les larmes aux yeux :

— Jeune homme, je vous conjure de prendre compassion d'une malheureuse famille, que des méchants ont abandonnée sur ce rivage, et qui se trouve en proie, depuis trois jours, aux plus pressants besoins. Conduisez-nous au vaisseau qui vous a sans doute amené sur ces bords, obtenez qu'on nous y reçoive; nous suivrons nos libérateurs partout où ils voudront guider nos pas, et nous tâcherons de les récompenser dignement d'un si grand service.

Ces paroles prononcées en français avec un accent étranger, m'intéressèrent et m'affligèrent tout ensemble. Je répondis à ce malheureux père, que, bien loin de pouvoir le secourir, je n'étais moi-même qu'un misérable naufragé, et que j'allais recourir à lui lorsqu'il m'avait prévenu. L'inconnu parut consterné de cette nouvelle. Il jeta un sombre regard sur sa femme et sur ses enfants, et se cacha le visage entre les mains. Cependant la dame, qui n'entendait point le français, s'approcha de nous avec inquiétude, et demanda à son mari ce qu'elle avait à craindre ou à espérer. Il tâcha alors de surmonter sa douleur, et prenant tendrement une des mains de son épouse entre les siennes, il lui rapporta ma réponse, en y mêlant toutes les consolations qu'il put imaginer, ce que je compris à ses gestes. Les deux enfants l'écoutaient aussi attentivement; mais quelques précautions qu'il y apportât, la malheureuse dame ne put s'empêcher de fondre en pleurs. Elle leva les yeux au ciel en serrant son petit enfant contre son sein d'une manière si énergique et si touchante que mon cœur en fut vivement ému. Des paroles entrecoupées s'échappaient de ses lèvres; je ne pouvais les entendre à cause du langage étranger dont elle se servait, mais je ne doutais point qu'elles ne fussent dictées par tout ce que l'amour maternel a de plus tendre. Son mari et ses deux autres enfants la prirent entre leurs bras. Ils semblaient la consoler et lui promettre de lui chercher du secours au péril de leur vie; ce tableau intéressant m'arracha des larmes. Je m'approchai de cette infortunée mère, et lui dis avec une extrême émotion, sans penser qu'elle ne me comprenait point :

— Malgré la triste conformité de notre sort, l'expérience et l'habitude du malheur me permettent du moins de vous offrir des adoucissements qui vous manquent. Prenez le courage, Madame, d'abandonner cette plage stérile, et suivez-moi dans le lieu que j'habite. Vous y trouverez au moins un abri, une nourriture agréable, et autant de commodités qu'il soit possible de rencontrer dans un genre de vie si sauvage.

Un rayon de joie brilla à ces paroles sur le visage du chef

de cette famille, qui était un Suédois. Il se hâta de les répéter à sa femme et à ses enfants dont les regards s'attachèrent sur les miens, pour s'assurer que je ne les berçais point d'une fausse espérance ; j'allai aussitôt quérir quelques bananes et un reste d'igname cuit que j'avais encore dans mon sac de provision, au pied du rocher où j'avais passé la nuit. Ces infortunés, qui ne vivaient depuis trois jours que de mauvais coquillages, pensèrent tomber à mes genoux, à la vue de ces faibles présents. L'enfant se jeta avidement sur les bananes, qu'il connaissait très-bien, et sa mère, regardant ce secours comme le seul qui pût conserver la vie à cette jeune créature, m'exprimait sa reconnaissance avec tous les témoignages de la plus vive sensibilité.

Dès que nous eûmes pris ensemble notre repas du matin, j'invitai la famille suédoise à me suivre, jugeant bien que la dame qui était affaiblie par la misère et le chagrin, serait obligée de se reposer souvent, et que nous arriverions difficilement le soir même au bord du lac, où j'avais laissé des provisions. Je me trompais néanmoins : son courage était au-dessus de son sexe, et son empressement de se trouver dans un lieu plus commode l'empêchait de s'arrêter à sa fatigue. Nous nous chargeâmes tour-à-tour de l'enfant, qui était une petite fille de quatre ans, belle comme un ange, et que toute la famille adorait. Pendant le chemin, le père m'apprit qu'il se nommait Hastendorf, qu'il était né dans une province de la Suède, et se rendait aux Indes avec sa famille, lorsque des événements, dont il me ferait le récit, l'avaient conduit dans un royaume de l'Afrique, et de là sur cette plage déserte, où des méchants l'avaient abandonné.

— Mes aventures sont aussi extraordinaires que malheureuses, continua Hastendorf, mais les vôtres ne doivent pas l'être moins, puisque vous vous trouvez, si jeune, dans une pareille situation.

— Il est vrai, lui répondis-je, que peu d'hommes, à mon âge, ont éprouvé des revers si funestes. Ma vie n'a été conservée que par un miracle, ou, pour mieux dire, par une suite de miracles qui se renouvellent encore tous les jours; néanmoins, je ne sais encore si je dois regarder ces secours du ciel comme des bienfaits ou comme des punitions, et me féliciter d'une existence si misérable. Un événement qui m'avait rempli d'espérance, m'a seul engagé à traverser un lac qui me sépare de cette contrée. Je ne me doutais guère, en partant, que le malheureux George dans la situation où il se trouve, pût encore faire du bien à quelqu'un; cette circonstance m'empêche au moins d'avoir aucun regret de mon entreprise.

Je lui parlai du corps de ce nègre que les eaux du lac m'avaient apporté. Il me donna à ce sujet une explication satisfaisante, dont je ferai part au lecteur dans un autre moment; cet événement, naturellement lié aux aventures du Suédois, intéressera davantage quand on connaîtra mieux mes compagnons d'infortune. Hastendorf m'assura que cette île n'était pas éloignée du continent de l'Afrique, et que si elle n'était point fréquentée des navigateurs, sa stérilité seule devait en être la cause. Je lui répondis que cette stérilité n'était qu'apparente, et qu'il en jugerait bientôt lui-même. Tout en causant ainsi nous approchions du lac, et déjà ses rivages, quoique fort inférieurs à ceux que j'habitais, s'annonçaient par une végétation plus vigoureuse. La famille suédoise ne put s'empêcher d'admirer la beauté de la forêt que nous traversâmes, et la vaste étendue du lac, que nous découvrîmes au bout d'une espèce d'avenue, leur arracha un cri de surprise. Les deux jeunes gens étaient si impatients d'arriver à notre destination, qu'ils auraient volontiers hasardé le passage, quoiqu'il fût déjà tard, si j'avais voulu en courir le risque. Toutefois ce n'était point l'opinion d'Hastendorf. Il représenta à ses enfants que le radeau étant trop petit pour nous transporter

6

tous à la fois, cette séparation, à l'entrée de la nuit, entraîne-
rait après elle trop d'inquiétudes, et qu'il était plus sensé
l'attendre au lendemain. Marguerite, ainsi se nommait l'épouse
d'Hastendorf, appuya fortement cet avis, et il fut résolu que
nous passerions la nuit dans la forêt. Nous cherchâmes aussitôt, un endroit commode à l'abri du vent qui régnait souvent
sur le lac; Eric, l'aîné des fils du Suédois, profita du peu de
jour qui nous restait pour jeter mes filets dans le lac, pendant que j'allais cueillir deux ou trois régimes de bananes que
j'avais aperçus la veille. Le frère d'Eric, appelé Gustave, m'accompagna; c'était le même qui m'avait rencontré endormi
sous le rocher. J'appris de son père, que ce jeune Gustave
étant allé de grand matin à la cascade chercher de l'eau pour
leur besoin, y trouva mon fidèle Azor, retenu par la corde que
je lui avais mise au collier, entre des buissons épineux dont
il ne pouvait se débarrasser. Le pauvre animal suivait sans
doute mes traces. Le jeune Suédois, fort étonné mais en même
temps plein d'espoir, car il ne doutait pas que ce chien n'eût
un maître qui pourrait peut-être les secourir, coupa la corde
d'Azor et le prit pour son guide; ce fut ainsi qu'il arriva jusque
dans ma retraite. Sans cette circonstance il eût été possible
que je fusse revenu chez moi sans me douter que j'avais, dans
cette île, des compagnons d'infortune : ignorance qui nous aurait été également funeste, puisqu'ils demeuraient privés de mes
faibles ressources, et que de mon côté je perdais une si douce
consolation. Malgré la difficulté de nous entendre, car de toutes
ces personnes il n'y avait que le père qui parlât français, notre
commun malheur nous eut bientôt rendus chers les uns aux autres. Dans la société, mille intérêts qui se croisent font un devoir de la circonspection. Les personnes les plus sincères sont
forcées de se conduire envers les étrangers avec une certaine
retenue, qu'on appelle de la prudence. Pour nous, jetés dans
un désert, à l'extrémité du monde, rien ne contraignait notre

inclination. Gustave, d'un naturel aimant et sensible, prit pour moi, dès l'abord, une affection fraternelle ; il me faisait mille caresses, au défaut de paroles, et voulait être de moitié dans toutes mes occupations. La petite Christine me tendait aussi ses petits bras, et semblait se souvenir des bananes que je lui avais données dans le moment où elle en éprouvait un si pressant besoin. Hastendorf avait allumé du feu pendant que nous cueillions du dessert ; nous nous hâtâmes d'y faire griller le poisson qu'Eric venait de pêcher, et de cuire sous la cendre des ignames qui se trouvaient sur le radeau. Comme nous nous préparions à souper, Azor arriva tenant dans sa gueule une jeune pintade, et la posa sur mes genoux ; c'était sa chasse qu'il nous offrait. Tout le monde fut si charmé de sa générosité, qu'on lui en fit mille caresses : chacun convint unanimement de ne point le priver de son souper. Nous allions nous mettre à table, si je puis m'exprimer ainsi, c'est-à-dire nous asseoir en rond autour de notre poisson grillé à la lueur de notre feu, quand Marguerite se leva d'un air recueilli, et, après une minute de silence, pendant laquelle la famille suédoise et moi-même nous prîmes une contenance semblable à la sienne, elle prononça à haute voix une courte prière. Le son pénétrant de sa voix, l'expression de son visage, d'une beauté remarquable, et qui respirait en ce moment la plus ardente piété, l'air religieux de son époux et de ses enfants, cette forêt qui nous servait de temple, cette flamme incertaine qui nous éclairait, tout, jusqu'à ce langage étranger qui me faisait mieux comprendre les vicissitudes humaines, en voyant réunies dans un désert de l'Afrique, des personnes qui semblaient destinées à ne se connaître jamais ; ces diverses circonstances, dis-je, me firent une impression profonde, et gravèrent cette scène dans ma mémoire avec des traits ineffaçables.

CHAPITRE XVIII.

George partage son établissement avec ses hôtes.

Malgré les raisons que nous avions tous de penser qu'il n'y avait dans cette île aucun animal dangereux, nous jugeâmes à propos d'entretenir notre feu toute la nuit, en veillant chacun à notre tour. Nous composâmes un assez bon lit à Marguerite et à son petit enfant, avec la pièce écarlate que j'avais apportée pour un autre dessein ; Eric et Gustave s'étendirent sur l'herbe à côté d'eux ; Hastendorf et moi, nous nous entretînmes pendant plus d'une heure. Il me pria de lui raconter les circonstances de mon naufrage, qu'il écouta avec un grand intérêt. Je ne lui cachai point les raisons qui m'avaient fait abandonner ma famille à l'âge de quinze ans, et m'attachai avec complaisance à tout ce qui pouvait lui faire mieux apprécier le caractère vertueux de ma mère. Je le faisais avec d'autant plus de naïveté et de confiance, qu'Hastendorf me paraissait lui-même un fort honnête homme. Je reconnus depuis, qu'il joignait à cette qualité, de l'esprit, du courage et une instruction solide. Il ne manqua pas d'accorder à ma mère, sur mon récit, toute l'estime que je pouvais désirer ; il déplora l'erreur qui m'avait privé si jeune encore de ses lumières et de sa tendresse, et me fit espérer que nos efforts réunis parviendraient peut-être un jour à nous délivrer de notre commun exil. Le voyant accablé de sommeil, je l'invitai à prendre du repos et à compter sur ma surveillance. Pour moi, je n'avais nul besoin de dormir. L'événement extraordinaire qui peuplait tout d'un coup ma

solitude, tenait mon imagination en haleine et me comblait de
joie. Je ne pouvais assez bénir la Providence d'un si grand
adoucissement à mes maux, et de ce qu'elle m'avait donné
pour société une famille intéressante et respectable, lorsque je
ne devais m'attendre qu'à la rencontre d'hommes grossiers et
ignorants. Hastendorf s'éveilla bientôt, et voulut veiller à son
tour. Je pris ma place sur l'herbe pour lui obéir, et je m'endormis profondément. Ses deux fils sommeillaient encore
lorsque j'ouvris les yeux ; mais Hastendorf et Marguerite se
promenaient déjà sur les bords du lac, cherchant à distinguer,
à l'aide d'une lunette, sur la rive opposée, les frêles édifices
que j'y avais construits. Marguerite se détournait souvent
pour regarder Christine, qu'elle avait laissée endormie près
de ses frères. Elle avertit son mari que j'étais éveillé ; nous
nous avançâmes mutuellement au-devant les uns des autres,
avec une franchise et une cordialité parfaites. Hastendorf me
tendit la main ; son épouse me salua d'un air encore plus
affectueux que la veille.

— Je viens de répéter à Marguerite, me dit Hastendorf, le
récit intéressant que vous m'avez fait hier soir ; vous pouvez
juger à la rougeur de ses yeux l'attendrissement qu'il lui a
causé. Elle se représente aisément la douleur que doit éprouver
votre mère dans la cruelle incertitude où elle est de votre sort ;
mais en même temps elle la trouve heureuse d'avoir un fils
aussi tendre que vous l'êtes.

Je répondis que je ne méritais guère un pareil éloge, puisque
je l'avais sacrifiée à mon ambition, et qu'il m'avait fallu des
châtiments terribles pour me ramener à des sentiments con-
formes aux siens. Nous continuâmes de nous promener et
d'examiner de loin ma petite colonie, jusqu'à ce que le reste de
la famille s'éveillât. Nous déjeunâmes à peu près comme nous
avions soupé, et sans perdre de temps nous nous occupâmes
de notre passage.

Quoique je l'eusse fait une fois très-heureusement, secondé par un vent favorable, nous ne pouvions nous dissimuler le danger de cette navigation, dirigée par un pilote sans expérience, qui n'avait pour gouvernail qu'une rame, et pour navire que quelques roseaux. Un coup de vent contraire, un courant rapide, pouvait nous entraîner à notre perte, sans compter que la solidité du radeau ne nous inspirait pas une grande confiance. Toute périlleuse qu'était cette traversée, il fallait pourtant l'entreprendre, ou renoncer aux avantages de ma demeure. Nous supposions même qu'il serait nécessaire de ne passer que les uns après les autres, parce que le radeau était petit ; mais après plusieurs essais, nous crûmes en nous pressant un peu pouvoir nous hasarder tous à la fois ; nous trouvâmes aussi quelque douceur à courir ensemble les mêmes périls. Notre voyage s'acheva sans accident, et nous descendîmes à terre en pleurant de joie de nous trouver enfin en sûreté. Marguerite, qui n'avait pas prononcé un mot pendant la traversée, ni laissé échapper la moindre marque de faiblesse, mais dont tous les traits peignaient l'anxiété et la souffrance de son âme, embrassa tendrement ses chers enfants, qui la couvrirent aussi de leurs caresses. Nous étions abordés au pied du promontoire où reposait le corps du nègre. Je montrai sa tombe à Hastendorf, et me rappelant ce qu'il m'avait raconté de cet homme :

— Le méchant auquel j'ai donné la sépulture à la sueur de mon front, lui dis-je, ne méritait pas cet honneur ; si je l'eusse mieux connu, j'aurais abandonné son corps aux caprices des flots.

— Il ne faut jamais se repentir d'avoir fait une bonne action, me répliqua le Suédois, ni s'autoriser de l'exemple des méchants pour se conduire comme eux. Il convient au contraire de faire du bien à tous les hommes, soit en soulageant leurs besoins tandis qu'ils vivent, soit en honorant leurs tristes restes après qu'ils ne sont plus.

La crainte du péril avait empêché jusque-là mes hôtes de faire attention aux richesses de la nature dans cette partie de l'île ; mais lorsqu'ils eurent recouvré la liberté de leur esprit, ils convinrent que ce qu'ils voyaient était fort au-dessus de ce que je leur avais annoncé. Eric et Gustave couraient de tous côtés avec l'impatience de leur âge, en faisant à chaque pas des cris d'admiration. Leurs parents, plus recueillis, n'étaient pas moins ravis qu'eux-mêmes.

Nous allâmes d'abord au tronc d'arbre qui me servait de maison lorsque le temps était pluvieux, ou qu'il me prenait fantaisie de me retirer dans une plus profonde retraite. Je m'attendais que la vue de cet arbre monstrueux remplirait mes hôtes d'étonnement, mais, à ma grande surprise, ils n'en témoignèrent aucun, et se contentèrent de me féliciter de la manière ingénieuse dont j'en avais su tirer parti. Hastendorf m'apprit qu'ils en avaient vu de beaucoup plus gros en Afrique, où cet arbre se nomme bahobab, et sert de sépulture à certains bateleurs nègres, qui passent pour sorciers. Ma basse-cour leur parut bien plus digne d'attention ; la petite Christine surtout témoignait à l'aspect de mes pintades une joie qui enchantait le cœur de sa mère. Cela ne m'empêcha point d'en sacrifier une pour notre dîner, car je voulais servir mes nouveaux amis avec toute la délicatesse que ma position me permettait. Marguerite, qui avait mal dormi dans la forêt, se jeta sur mon lit, dont le dur matelas l'était cependant encore moins que la terre. Je profitai de son repos pour préparer le dîner avec ses fils, nous faisant une joie de la surprendre. Elle ne manqua pas, en effet, d'être fort étonnée de trouver sur l'herbe, dans un endroit riant et ombragé, un festin très-propre, composé d'une pintade rôtie, de poissons, de fruits, de pastèques ou melons d'eau, pleins d'une liqueur fraîche et délicieuse, et de racines d'ignames pour remplacer le pain ; j'y ajoutai même des œufs frais, qu'elle regarda comme une précieuse nourriture pour sa petite fille.

Après le repas, nous montâmes tous ensemble sur la colline où était ma tente des palmiers. Elle n'avait plus cette fraîcheur et cette élégance qui me ravissaient autrefois : la pluie et le soleil avaient effacé les avantages de Didon ; mais ses palmiers s'élevaient toujours avec la même grâce, les plantations d'arbustes et de fleurs dont je l'avais ornée étaient alors dans toute leur vigueur, et la vue admirable qu'on découvrait de cet endroit suffisait pour lui mériter le nom d'Eden que Marguerite lui donna. Nous continuâmes de suivre la hauteur des collines jusqu'à mon autel de gazon. L'épouse d'Hastendorf, qui se souvenait encore de cette circonstance de mon histoire, me prit la main, et prononça d'un air attendri les mots français de Sainte-Clémence.

— Ah! Madame! m'écriai-je en baisant respectueusement cette main dont elle tenait la mienne, il est bien juste que les premiers mots de notre langue que vous prononciez, soient répétés, en l'honneur d'une bonne mère, par une autre mère aussi tendre qu'elle.

Nous nous prosternâmes devant cet autel rustique, où chacun de nous fit à voix basse sa prière; et pour moi, je rendis à Dieu de nouvelles actions de grâces de ce qu'il m'accordait de pareils amis dans ma solitude. Nous nous assîmes ensuite pour voir le soleil se coucher derrière la forêt où nous avions passé la nuit précédente. Le lac formait à nos pieds un golfe dans lequel se peignait un amphithéâtre de collines avec leurs pelouses fleuries et leurs bocages verts. L'œil descendait par degrés jusque dans le vallon du baobab, en rencontrant partout des beautés nouvelles. Là c'étaient de grands arbres dont les tiges élancées et droites comme des colonnes, laissaient la lumière se jouer entre elles et colorer les fleurs qui

croissaient sous leur ombrage. Ici le feuillage tapissait toute
la hauteur des arbres, et formait des massifs de verdure impé-
nétrables au jour.

— Je conçois, me dit Hastendorf, que vous ayez été séduit
par les aspects d'une si grande beauté ; mais ils sont peut-être
la cause de la prolongation de votre exil, par la distance où ils
se trouvent de la mer, et la stérilité qui les environne de toutes
parts. Qui sait s'il n'est point passé plusieurs vaisseaux depuis
que vous êtes dans cette solitude ?

Je lui fis observer que j'avais établi des signaux sur le bord
de la côte.

— C'est une ressource, me répliqua-t-il, sur laquelle vous
ne devez guère compter, premièrement, parce que les hommes
n'ont pas toujours, pour se rendre service, le zèle que la charité leur prescrit, et ensuite parce que les navigateurs consi-
dèrent comme une imprudence de s'engager dans les terres à
une distance si considérable.

— N'oubliez point, continuai-je, que j'étais persuadé de
l'existence d'une ville de l'autre côté du lac, et que cette
erreur m'a seule conduit ici.

— Dites plutôt, me répondit-il en souriant, que vous vous
efforciez de le croire, parce que cette illusion flattait votre
penchant. La prudence n'est guère la vertu de la jeunesse :
elle court naturellement à ce qui lui plaît, au préjudice de ce
qui est utile.

— Que serais-je devenu, m'écriai-je, si une espérance quel-
conque ne m'avait soutenu ?

— L'espérance, tout incertaine qu'elle est, poursuivit le
Suédois, doit pourtant, comme tout le reste, s'appuyer sur des
motifs raisonnables, et vous aviez de grands sujets de douter
de l'existence de cette ville fantastique bâtie par votre imagination. Maintenant que nous savons positivement à quoi nous
en tenir sur le lieu que nous habitons, nous ne négligerons

aucune mesure propre à nous en faire sortir, car, malgré les
agréments de cette solitude, il y aurait de la lâcheté à la préférer à la vie civilisée, puisque c'est pour celle-ci que nous
sommes nés, et que nos devoirs nous y appellent.

La vivacité avec laquelle il prononça ces dernières paroles
ranima mon propre courage. Je ne doutai point qu'un homme
pénétré de ces sentiments ne fût capable de beaucoup de
choses.

— Jusqu'ici, lui dis-je, je me suis conduit comme un enfant,
je n'ai entrepris que de vaines démarches ; mais vos conseils et
votre exemple vont m'apprendre à les mieux diriger. Quoique
vous n'ayez en ce moment aucune ressource, je ne sais quel
pressentiment secret m'avertit que je vous devrai ma délivrance.

Quelques grains de pluie nous obligèrent à retourner au
bahobab. Hastendorf, son épouse et la petite Christine, s'établi-
rent dans ma chambre à coucher, je demeurai dans l'autre avec
Eric et Gustave. Un de ces orages fréquents dans l'île, s'éleva
pendant la nuit et dura tout le jour suivant. Nous bravâmes
tranquillement sa violence dans le creux de notre arbre, en nous
félicitant de ce qu'il nous avait laissé le temps de traverser le
lac, trop certains que nous eussions tous été perdus, s'il se fut
déclaré au moment de notre passage.

CHAPITRE XIX.

Histoire d'Hastendorf.

Le premier soin du Suédois fut de reconnaître exactement la position des côtes de cette île, et d'observer celles qui paraissaient le mieux convenir au mouillage des vaisseaux, en examinant les vents qui y régnaient le plus constamment. Je l'accompagnais dans ces différentes courses. Un jour, assis sur un promontoire, d'où on découvrait la mer, en cherchant des yeux quelque navire, je me récriais sur la témérité des hommes qui exposent si libéralement leur vie sur ce perfide élément, dans l'unique ambition d'amasser de la fortune.

— Et à peine l'ont-ils cette fortune, me répondit Hastendorf, qu'ils se hâtent de la dissiper ou de l'enfouir, de sorte qu'elle leur échappe des mains, et ne les paye jamais de la peine qu'ils ont prise à l'acquérir.

— Il faut pourtant, lui répartis-je, qu'elle soit bien nécessaire à la félicité, puisque tout le monde la poursuit avec ardeur. Qui serait assez fort pour préférer la pauvreté à la richesse?

— Ecoutez-moi, continua Hastendorf; le récit de ma vie pourra vous convaincre qu'elles ne valent pas mieux l'une que l'autre.

Je n'avais que vingt-deux ans lorsque mon père mourut et me laissa à la tête d'une fortune considérable, qu'il avait acquise dans le commerce. Il n'avait point fait consister les marques de son opulence dans le luxe de sa maison. Il l'employait à entretenir des fabriques, à défricher des terres incultes, à bâtir des maisons de fermiers, dépenses utiles qui le faisaient bénir du peuple qu'il nourrissait. Né de parents qui suivaient la simplicité de mœurs de leurs ancêtres, il avait continué de vivre comme eux ; mais cela ne l'empêcha pas de me faire élever avec soins ; et j'étudiais encore à l'université d'Upsal lorsqu'on m'apprit que la mort menaçait de me l'enlever. Je revins en toute hâte à Falun, capitale de la province de Dalécarlie, où mon père demeurait. Hélas ! une attaque d'apoplexie termina ses jours presque à mon arrivée, sans que j'eusse la consolation de recevoir ses derniers adieux. Je pleurai ce bon et vertueux père aussi sincèrement qu'il le méritait ; je chargeai un parent de ne rien épargner pour lui rendre les derniers honneurs, et je me retirai à la campagne, afin de pouvoir m'y abandonner en liberté à la juste vivacité de mes regrets.

La retraite dans laquelle je passai le temps de mon deuil me laissa tout le loisir de réfléchir à la conduite que je devais tenir dans le monde. N'ayant ni le goût ni l'expérience du commerce, je ne savais que faire de ma fortune. Mon naturel incertain et timide s'effarouchait de tous les partis, et je me trouvais fort malheureux d'être riche et indépendant à mon âge.

J'avais trois oncles, frères de mon père, que je ne connaissais point, parce que mon père se brouilla avec eux pour des affaires d'intérêt, ou, pour parler plus justement, c'étaient eux qui s'en étaient séparés, irrités de quelques avantages qu'il avait reçus de ses parents. J'espérai que leur haine ne survivrait point à celui qui en était l'objet, et qu'ils ne refuseraient pas de m'assister de leurs conseils. L'un était banquier à Stockholm ; l'autre demeurait à Lindkopink, où il était attaché à l'université ; le troisième habitait une ferme dans la province le Smaland. Le désir de connaître la capitale de la Suède, ma détermina à m'adresser d'abord au banquier. Il avait été assez heureux pour épouser une riche héritière, et la prospérité de sa fortune présente me fit penser qu'il oublierait plus aisément que les autres, l'injustice dont il se plaignait. Je partis pour Stockholm, monté sur un cheval de peu de valeur, dans un équipage tellement modeste, que les valets de mon oncle le banquier se moquèrent de moi, lorsque je m'annonçai pour être le fils de son frère. Il avait ce jour-là du monde à dîner; on ne voulut jamais me permettre de le voir, et l'on me dit d'un ton dédaigneux de revenir le lendemain à huit heures du matin, si je voulais obtenir audience. Je m'en allai fort déconcerté d'une pareille réception, et encore plus étonné du luxe qui régnait dans la maison de mon oncle, quoique je n'en eusse vu que l'extérieur.

— Si les valets m'ont reçu avec tant d'insolence, me disais-je à moi-même, quel accueil puis-je espérer du maître? Il me traitera sans doute encore plus mal, et je ferais mieux d'aller à Linkopink, trouver mon oncle le professeur. Mon père m'en a toujours parlé comme d'un homme à qui l'étude et la philosophie tenaient lieu de tout, et qui s'est adonné aux lettres de fort bonne heure. Elles n'auront pas manqué de lui apprendre à ne pas juger des gens par leur apparence, et du moins je n'aurai point à craindre chez celui-là l'insolence de ses laquais, puisqu'il n'est point assez riche pour en avoir.

Malgré ces réflexions, la curiosité m'entraîna le lendemain chez le banquier. Ses domestiques, qui m'avaient pris pour un imposteur ou un parent misérable dont la présence ne pouvait qu'importuner leur maître, ayant appris de lui que j'étais non-seulement son neveu, mais que je jouissais d'une grande fortune, se montrèrent aussi humbles à cette seconde visite qu'ils avaient paru hautains à la première. Ils m'adressèrent même des excuses auxquelles je ne daignai pas répondre. Mon oncle me reçut avec beaucoup de cordialité, me fit un

compliment funèbre sur la mort de mon père, et me remercia
de la confiance que je lui témoignais en venant de si loin le
consulter sur ma conduite ; puis m'examinant de la tête aux
pieds :

— En vérité, mon cher neveu, me dit-il, quoique j'aie forte-
tement réprimandé mes gens sur la manière trop libre dont ils
vous accueillirent hier, je ne puis m'empêcher de convenir
qu'il leur était difficile de vous reconnaître, dans ce modeste
équipage, pour un si proche parent de leur maître. Est-ce
ainsi que doit se présenter un homme de votre état? Pourquoi
venir à pied lorsque votre fortune vous permet de vous servir
d'une voiture, et vous contenter d'un habit de drap commun,
tandis qu'il vous était si facile de vous en procurer un autre?
Les hommes ne portent point écrit sur leur front le degré de
leur mérite ni celui de leur fortune ; il est nécessaire qu'ils
fassent connaître publiquement ces avantages par des marques
extérieures, s'ils veulent jouir de la considération qui s'y
trouve attachée.

Je lui répondis timidement que mon père ayant toujours
vécu avec une extrême simplicité, je n'avais rien changé à ses
habitudes ni aux miennes depuis que j'avais eu le malheur de
le perdre.

— Mon enfant, me répliqua-t-il, la simplicité de nos ancêtres était assurément une vertu fort recommandable ; mais les
mœurs font des progrès qu'il faut suivre, sous peine de passer
pour bizarre et ridicule. Votre père s'y est conformé malgré
lui en vous donnant une éducation plus soignée que la sienne.
Croyez-moi donc, laissez là votre province, venez dépenser
dans la capitale les revenus dont vous jouissez. Faites-vous
un honneur de recevoir une bonne compagnie ; sachez être
libéral et magnifique sans prodigalité, et ne craignez pas de
jouir des agréments de la vie, puisque votre âge et votre situation vous y invitent.

Je fus d'abord un peu étourdi de ce discours, quoique je ne me sentisse pas de répugnance à suivre de pareils conseils; mais je m'y attendais si peu que j'en demeurai interdit. Mon oncle m'invita à déjeuner. Nous passâmes dans un fort beau salon, où je trouvai la famille du banquier et quelques-uns de ses intimes amis, auxquels il me présenta en leur adressant quelques excuses sur ma mise négligée, qu'il attribua à un reste de deuil. Je n'avais jamais vu chez mon père, même dans les jours de festins, une table si délicatement et si abondamment servie que celle qui nous était offerte en ce moment. Mon oncle et son épouse en faisaient les honneurs avec beaucoup de grâce, et les convives, également charmés de la bonne chère et de l'honnêteté des maîtres de la maison, ne cessaient de manger que pour leur adresser des éloges flatteurs. Je sortis de cet hôtel dans des dispositions fort différentes de celles que j'apportais en y arrivant. Les avis de mon oncle, joints à ce que je venais de voir, me firent rougir de ma simplicité passée, et mon premier soin fut de me vêtir avec magnificence, et de louer un carrosse en attendant que j'en eusse acheté un. S'il s'élevait dans mon esprit quelque scrupule, car une voix intérieure me criait de temps à autre que mon père avait été assez sage toute sa vie pour que son exemple dût me suffire, je me répondais à moi-même qu'un homme de l'âge de mon oncle méritait aussi quelque confiance. Plus je fréquentais sa maison, plus je prenais de goût pour la dépense et la représentation. Ce fut bien pis, lorsque lui ayant exposé franchement l'état de mes affaires, il m'avoua que j'étais presque d'une moitié plus riche que lui. Oh! pour le coup la tête me tourna tout à fait, et je me promis de le surpasser en magnificence, puisque je le surpassais en fortune. En moins d'un an je me trouvai établi à Stockholm sur le pied que je désirais. Mon oncle, dont les affaires commençaient à se déranger, m'associa à sa maison de banque dans l'espoir que je la soutiendrais ; mais il ne lui fut plus possible de mettre un frein à ce goût du luxe qu'il avait imprudemment fait naître dans mon esprit. Je me lançai dans le tourbillon du monde et des plaisirs ; je jetais mon argent à la tête du premier flatteur qui excitait ma libéralité ; et quoique je ne connusse rien aux beaux arts, le désir de paraître les protéger me faisait dépenser des sommes immenses. Ce n'est pas sans confusion, continua Hastendorf en soupirant, que je me rappelle une époque si peu honorable pour ma vie ; mais il était nécessaire que je la misse sous vos yeux pour vous faire mieux juger les inconvénients d'une grande opulence.

— Permettez-moi de vous dire, lui répartis-je, que c'est moins votre opulence que le peu de mesure que vous y avez su garder qu'il faut accuser des désordres qui ne manquèrent point, j'imagine, de suivre un pareil genre de vie.

— Je conviens, répondit Hastendorf que je les aurais évités en proportionnant sagement mes dépenses à ma fortune ; mais c'est précisément parce que cette modération est rare et difficile qu'il est dangereux de se rencontrer dans une position où tout invite à l'oublier. Ce qui vous paraîtra plus triste encore, c'est que je me ruinais sans en être plus heureux. Plus j'accordais à mes désirs, plus je satisfaisais ma vanité, plus j'appelais autour de moi de divertissements, moins je me sentais content de moi-même. L'orgueil, l'ambition et l'ennui me tyrannisaient tour-à-tour. Enfin une catastrophe inévitable termina tant d'extravagances. Tout ce que mon père avait amassé par son travail et son économie, passa entre les mains de mes créanciers ; et ce qui acheva de me laisser sans ressources, mon oncle, dont la conduite, quoique moins apparente, n'avait pas été plus raisonnable que la mienne, manqua de son côté, et fut obligé de passer en Danemarck, où il finit misérablement ses jours. Ce fut alors que j'appréciai les hommes et la fortune, lorsque dans mon funeste revers je ne trouvai pas un seul ami ! Ceux que j'avais comblés de présents m'évitaient et se déchaînaient contre moi plus vivement que les autres. Tout ce qu'ils avaient loué en moi ne leur paraissait que des défauts. Mon goût n'était qu'une prétention ridicule, ma générosité qu'une vaine gloire, ma franchise qu'une ignorance grossière des usages. J'abandonnai en gémissant cette foule d'ingrats et une ville qui m'avait été si funeste, sans savoir encore de quel côté je porterais mes pas, car l'idée de retourner dans ma province dans l'état où j'étais réduit, ne me semblait pas supportable.

— La folie a causé tous mes maux ! m'écriai-je alors, c'est à la sagesse à les guérir. Je veux aller à Lindkopink, j'y avouerai franchement mes torts à mon oncle le professeur, et je lui en demanderai le remède.

Je pris à pied le chemin de cette ville, portant au bout d'un bâton quelques chemises et un fort bel habit qui me restait encore, et n'ayant pour toute fortune que quatre rixdhalers, qui font un peu moins de douze kilogrammes de France. Mon malheur n'avait pu me faire oublier la mauvaise réception que je reçus des laquais du banquier à mon arrivée à Stockholm ; aussi, quoique je ne m'attendisse point à trouver son frère dans une situation aussi brillante, je pris à tout hasard la précaution de mettre mon bel habit pour lui rendre visite. C'est d'ailleurs un sentiment naturel à l'indigent dont la misère est inconnue, de faire tous ses efforts pour la déguiser; il essaie d'échapper ainsi au moins à l'attention passagère du public, et de surprendre, par des dehors innocemment trompeurs, une considération que l'injustice des hommes ne manquerait pas de lui refuser, s'ils devinaient sa véritable situation.

Mon oncle demeurait dans une petite rue sale et obscure, voisine de l'université, où il n'avait qu'une place fort secondaire, qui lui procurait à peine de quoi vivre. La maison qu'il habitait répondait au peu d'apparence de la rue, et encore n'y occupait-il que deux petites chambres au troisième étage, sur une cour étroite, où s'écoulaient tous les égouts de la maison. Je me présentai heureusement chez lui un jour de congé, sans quoi je ne l'aurais rencontré que le soir assez tard, à son retour du collége. Je vis un grand homme sec et pâle, les yeux louches, le maintien négligé, les habits tellement en désordre qu'ils étaient déchirés en plusieurs endroits, et dont le linge annonçait une mal-propreté extraordinaire. Cet aspect excita en moi autant de surprise que le luxe du banquier. Je crus avoir devant mes yeux un autre personnage que celui que je cherchais ; mais, lorsque je me fus informé à lui-même de son propre nom, il me fut impossible de douter plus longtemps de la vérité. Il fallut me faire connaître à mon tour, et aussitôt, sans me laisser le temps de lui expliquer le motif de ma visite :

— Je ne sais, me dit-il d'un ton assez brusque, quel intérêt vous amène ici. Vous êtes riche et je suis pauvre, grâce à l'injustice de mon père qui me priva en faveur du vôtre d'une partie de son bien : nous ne pouvons avoir rien de commun ensemble vous et moi.

— Mon oncle, lui répondis-je en rougissant, vous êtes dans l'erreur ; je ne possède absolument rien, ni ne sais plus que devenir ; votre compassion est la seule espérance qui me reste.

Des larmes qui m'échappèrent malgré moi parurent l'attendrir. Il me pria de lui expliquer une chose qu'il ne pouvait comprendre, en ajoutant avec plus de bonté que je ne m'y attendais, qu'il me donnerait tous les secours qui dépendraient de lui, pourvu que je lui déclarasse la vérité. Je me vis contraint de m'accuser moi-même de toutes les erreurs dont je m'étais rendu coupable, et d'avouer en même temps la part que mon oncle le banquier y avait eue.

— Voilà les hommes ! s'écria le philosophe. Tant que la fortune leur sourit, ils n'estiment que ceux qu'elle favorise ; c'est lorsqu'ils sont tombés dans le malheur qu'ils pensent à se retourner du côté de la sagesse. Jeune homme, si au lieu d'aller à Stockholm chercher les conseils d'un fou, vous fussiez venu ici, je vous aurais appris à mépriser ces vanités mondaines qui vous ont perdu. Mais quoi ! elles vous possèdent encore, même après que vous ne les possédez plus ! Quel costume avez-vous là ? est-ce celui d'un indigent ? pouvez-vous confesser votre misère sous la livrée du luxe ? Les premiers progrès dans la science de la philosophie sont un juste mépris pour toutes ces vaines apparences auxquelles le monde est attaché. Pourquoi tromper ceux qui vous regardent ? n'est-ce pas que vous avez honte de la pauvreté ?

— Hélas ! lui répondis-je, je dois avoir honte au moins des folies qui m'y ont précipité.

— Il faut faire davantage, me répliqua mon oncle, et imiter le philosophe Zénon, qui, ayant perdu toute sa fortune dans un naufrage, remercia les dieux de l'avoir obligé par là de recourir à l'étude de la sagesse. Les richesses y sont toujours un obstacle, et si vous voulez suivre mes conseils, vous finirez par vous trouver heureux du sort qui vous a tout ravi. Vous apprendrez combien l'homme a besoin de peu de chose, lorsqu'il a le courage de fouler aux pieds les vanités humaines ; combien il devient libre, sage, supérieur à ses semblables. dès qu'il méprise leur blâme ou leur approbation, et ne prend pour guide de sa conduite que les règles de la plus austère vertu.

Je ne pouvais m'empêcher de l'écouter avec une respectueuse surprise, malgré que cette façon de raisonner, assez d'accord au reste avec l'extérieur de celui qui parlait, me parût un peu extraordinaire ; c'était un contraste bien frappant pour moi que cette visite, lorsque je la comparais à celle que j'avais rendue à mon autre oncle. Je convins avec celui-ci de demeurer chez lui, et d'y attendre qu'il me procurât le moyen de gagner honnêtement ma vie, ce qui était fort aisé, ajouta-t-il, lorsque l'ambition n'entrait pour rien dans cette recherche. Je n'eus pas passé une journée entière dans cette maison, que je compris en effet qu'il fallait bien peu de chose pour y vivre avec un pareil régime. Notre déjeuner se composa d'un morceau de pain bis et d'un verre d'eau ; au dîner nous y ajoutâmes une moitié de hareng salé, et le repas du soir fut aussi sobre que celui du matin. La nuit je partageai le lit de mon oncle. Quel genre de vie pour un jeune homme qui sortait de goûter toutes les délices que procure la fortune dans une ville telle que Stockholm ! J'eus tout le loisir de m'en occuper tristement pendant l'absence de mon oncle qui me quitta pour aller à l'université. J'espérais néanmoins pouvoir me livrer à quelque travail, dont le produit nous permettrait un peu plus d'aisance, et je me félicitais d'avance de devenir utile à ce généreux parent qui m'accueillait malgré sa profonde misère. Trois jours après mon établissement chez lui, il me dit qu'il avait trouvé un libraire qui m'occuperait à copier les manuscrits d'un auteur, qui, étant un homme de naissance, ne voulait point souffrir qu'on l'imprimât, et faisait faire à la main un grand nombre d'exemplaires qu'il distribuait avec ostentation.

— Cette singularité ridicule, continua mon oncle, vous vaudra à peu près un rixdhalers (1) par mois.

— Un rixdhalers ! m'écriai-je.

— Oui, reprit le philosophe, c'est tout ce qu'il vous faut pour vivre et même au-delà ; je ne dépense pas davantage. Que trouvez-vous donc là de révoltant ?

— Il me semblait, répondis-je, qu'à mon âge et avec l'éduca-

(1) C'est-à-dire à peu près six francs.

tion que j'ai reçue, je pouvais aspirer à quelque chose de plus lucratif.

— Mon neveu, continua-t-il, mettez-vous bien dans la tête qu'un sage n'a besoin que d'un peu de pain et d'eau pour satisfaire aux lois de la nature, et que tout ce qu'il y ajoute est pris aux dépens de son repos et de sa liberté. D'anciens philosophes nous trouveraient encore beaucoup trop riches, et l'un d'eux, qui se servait pour boire d'une tasse de bois, la jeta comme un meuble inutile, lorsque des enfants lui eurent appris que la main pouvait la remplacer. J'aurais pu parvenir comme un autre aux emplois et à la fortune, mais j'ai dédaigné ce chemin tortueux ; la philosophie m'a paru préférable à tout le reste. De la hauteur où son étude m'a placé, je considère avec mépris ce que les autres ambitionnent. Soyez assez sage pour m'imiter.

— O mon cher oncle ! me dis-je en moi-même, ne pouvait-on pas vous appliquer ce qu'on disait à Antisthène : « J'aperçois ta vanité à travers les trous de ton manteau. »

En effet je ne pus m'empêcher de reconnaître par la suite qu'il y avait bien plus d'orgueil que de philosophie dans le caractère de mon oncle, et j'appris même positivement qu'il ne s'était jeté dans un genre de vie si extraordinaire, qu'après avoir échoué dans les tentatives qu'il faisait pour s'en procurer un autre. Tous ses discours ne purent jamais me persuader qu'il fut meilleur de se condamner à une pauvreté dégoûtante que de s'enrichir par son travail et par son industrie, et qu'il y eût moins de mérite à se tenir au rang des gens bien élevés, qu'à se ravaler volontairement à celui de la dernière classe du peuple ; mais je n'en fus pas moins obligé de me soumettre au système établi dans son ménage, ce qui finit par me causer un véritable désespoir, qu'alimentait sans cesse le souvenir de ma condition passée. Je suis convenu assez franchement de mes torts pour qu'il me soit permis de parler aussi des bons sentiments qui m'animaient. Ce n'étaient point les années de luxe et de plaisir passées à Stockholm après lesquelles je soupirais ; elles ne me causaient au contraire que de la honte et de la douleur ; mais ce que je regrettais amèrement, c'était la vie douce, innocente et modeste de la maison de mon père. Mon état chez mon oncle me devint tellement insupportable que je résolus de le quitter de quelque manière que ce fût. J'étais effrayé moi-même des pensées tumultueuses qui m'agitaient. La vue des personnes riches remplissait mon âme d'envie, et plus d'une fois j'éprouvai un désir vague et incertain de m'enrichir aux dépens d'autrui. Vous avez vu dans quels égarements me conduisirent les richesses, je vous confie ceux où la pauvreté était à la veille de m'entraîner. Le ciel eut cependant pitié de moi et me retint sur le bord du précipice. Dans la résolution où j'étais de me retirer de la misère philosophique de mon oncle, je m'adressai au libraire qui me procurait de l'ouvrage ; mais avant même que j'eusse ouvert la bouche, il me proposa de m'attacher, en qualité d'interprète et de secrétaire, à un savant français qui voyageait en Suède pour étudier l'histoire naturelle de ce pays. Il ajouta que cet étranger n'étant pas assez riche pour me donner de forts appointements, s'engageait à m'enseigner sa langue. J'étais trop disposé à accepter la première place qui se rencontrerait, pour refuser celle qui m'était offerte. On me conduisit aussitôt chez le Français ; nous nous convînmes réciproquement, et d'autant mieux, que je possédais déjà une légère teinture de sa langue, dont j'avais pris quelques leçons à Upsal, où je suivais les cours de l'université.

Mon oncle n'apprit point sans indignation le peu de goût que je sentais pour sa philosophie ; mais il ne la fit point éclater, et se contenta de me répondre avec un froid mépris, que puisque j'aimais mieux être l'esclave que le maître des hommes, il ne prétendait point me contraindre à cet égard. Je

le quittai avec une joie inexprimable, et la vie que j'avais
menée chez lui me fit trouver ma nouvelle situation la plus
heureuse du monde. Nous voyageâmes pendant trois ans, mon
maître et moi; nous parcourûmes la Suède, la Finlande et la
Laponie. Je n'étais pas seulement le secrétaire de cet étranger,
je lui servais aussi de domestique, puisqu'il faut être sincère;
mais de son côté il adoucissait de tout son pouvoir ce que le
service a d'humiliant, et me traitait avec les égards que
mérite un homme bien né tombé dans l'infortune. Il me per-
suada de le suivre en France, où il comptait avoir le crédit de
me placer avantageusement. Nous traversions la province de
Smaland pour nous rendre au port d'Istad et de là à Stralsund,
d'où nous devions aller en France, lorsque nous fûmes surpris
par des voleurs au milieu d'un bois. Mon maître périt en se
défendant, et moi-même, percé de coups, je fus laissé pour
mort sur la place. Je ne pouvais manquer d'y terminer mes
tristes jours, si un ange ne m'eût rappelé à la vie. Une jeune
personne qui traversait à cheval ce même bois, accompagnée
d'un paysan, au lieu de s'épouvanter à notre aspect et de prendre la fuite, comme n'aurait pas manqué de le faire une personne sans courage, descendit aussitôt de cheval et vint s'assurer si nous respirions encore. Me trouvant le seul qui eût
besoin de ses secours, elle implora pour moi la compassion de
quelques paysans du voisinage, me fit placer sur son propre
cheval le plus commodément qu'elle put, et me conduisit dans
sa maison. Jugez de ma surprise en revenant à la vie, de me
voir assisté par une jeune et belle personne que sa vive sensibilité rendait encore plus intéressante! Cette fille bienfaisante
était mon épouse Marguerite; Les attraits qu'elle conserve
encore vous donneront une idée de ce qu'elle devait être à la
fleur de son âge. Elle habitait avec une vieille tante une petite
maison de campagne qui était l'unique héritage qu'elle eût
reçu de ses parents. On n'y trouvait que le nécessaire; mais le

goût, l'ordre et la propreté qui y régnaient, ne permettaient pas d'y désirer autre chose. La situation de ce bien était d'ailleurs tout à fait romantique. Des prairies arrosées par une rivière, des bois charmants, quoiqu'ils ne dussent rien qu'à la nature, de nombreux troupeaux, récréaient la vue de tous côtés. Le chirurgien qui me soignait prétendait à la main de Marguerite, comme il me l'apprit lui-même, et lui avait offert plus d'une fois de partager avec elle une fortune assez florissante ; mais la jeune orpheline s'était contentée de le remercier poliment de cet honneur. Je m'avisai enfin de m'informer du nom de sa famille, car on ne l'appelait jamais que la sage Marguerite, et je reconnus avec autant d'étonnement que de joie qu'elle était ma cousine, la fille du troisième frère de mon père. Comme je ne la voyais qu'accompagnée de sa tante, je ne savais si je devais me découvrir en présence de cette dernière, car, quant à Marguerite, je n'aurais point hésité à lui confier ma situation et mes folies passées, tant j'avais de raisons de compter sur la bonté de son cœur. Je demeurai donc dans cette incertitude jusqu'à ma parfaite guérison. Il était temps que je m'expliquasse, puisque je ne pouvais abuser plus longtemps de la générosité de ma cousine. Je me rendais près d'elle dans ce dessein, lorsque je la trouvai seule. Elle m'écouta avec beaucoup d'intérêt, et s'étant assurée, par l'inspection de mes papiers de famille, qu'heureusement les voleurs ne m'avaient point enlevés, que je ne lui en imposais pas, elle me tendit affectueusement la main, en se félicitant du service qu'elle avait eu le bonheur de me rendre. Marguerite appela aussitôt sa tante pour lui faire part des liens qui nous unissaient.

— Si nous étions du même sexe, me dit-elle ensuite, je vous inviterais à regarder ma maison comme la vôtre ; mais la convenance ne me le permettant pas, je vais vous adresser au meilleur ami de mon père ; je le prierai de vous accorder un aelle, et je ferai tout ce qu'il me sera possible pour que vous ne lui soyez point à charge.

Je répondis à Marguerite que je m'abandonnerais entièrement à sa conduite. Elle me procura en effet les bonnes grâces du pasteur de l'église de la contrée, qui me reçut comme son fils, me promit de me trouver un poste honorable, et me garda, en attendant dans sa maison. Ma cousine avait trop de beauté et de vertu, elle me témoignait une bienveillance trop touchante pour que j'y demeurasse insensible. Bien loin de là, je conçus pour elle une amitié si vive qu'elle m'occupa bientôt uniquement. Je me disais en vain que notre fortune mutuelle s'opposait à mon union avec Marguerite; qu'elle n'était pas assez riche pour épouser un homme absolument ruiné, qu'il ne dépendait que de sa volonté de prendre un parti avantageux, et qu'elle s'y déciderait sans doute tôt ou tard. Ce raisonnement ne pouvait affaiblir mon attachement pour elle. Je demeurais depuis six mois dans le pays, où je m'occupais de la culture du jardin et du verger dépendant de la maison du pasteur, quand il m'annonça qu'il m'avait obtenu, à Calmar, une place de commis chez un de ses parents qui tenait une manufacture de draps, et m'accordait, à sa considération, des appointements fort avantageux. Le bon pasteur s'attendait à me voir transporté de joie, il fut assez surpris de n'apercevoir sur mon visage que l'expression de la tristesse, au point même que mes larmes coulèrent malgré moi. Je voulus les lui cacher, mais il n'était plus temps : son inquiète amitié me demanda une explication que je ne pus lui refuser. Je lui avouai en rougissant que j'aimerais mieux lui servir de domestique jusqu'à la fin de mes jours, que d'aller chercher loin de Marguerite une fortune plus avantageuse.

— Je sais, ajoutai-je, combien les torts de ma jeunesse m'ont rendu indigne d'elle; jamais ma langue indiscrète ne lui déclarera un secret qu'elle doit ignorer, mais je ne puis me résoudre à me séparer de ma bienfaitrice.

Le bon pasteur, aussi surpris qu'affligé de ce qu'il entendait, m'embrassa tendrement et m'assura que j'étais le maître de demeurer toujours chez lui, non comme son domestique, mais comme son ami, générosité dont je le remerciai avec une reconnaissance si expressive qu'elle lui découvrait encore mieux que ma confidence, l'excès de mon amitié pour ma charmante cousine. Il était du nombre de ces personnes sensées qui ne regardent point les richesses comme une chose nécessaire au bonheur. Marguerite avait peu de bien, il est vrai, mais ce bien avait cependant suffi à sa famille, et il ne paraissait pas impossible au pasteur qu'elle y vécût heureuse à son tour avec un homme dont elle serait aimée, que le malheur avait rendu sage, et qui n'épargnerait sans doute ni son travail ni sa peine pour faire prospérer ses affaires. Que vous dirai-je ? continua Hastendorf, quoique ces détails soient assez remplis d'intérêt, il ne me convient pas de m'y appesantir, et je me contenterai de vous apprendre que le pasteur ayant étudié le cœur de Marguerite, et s'étant aperçu que je ne lui étais pas non plus indifférent, arrangea lui-même notre mariage. L'espérance qu'il avait conçue de notre bonheur ne fut point illusoire. Nous le trouvâmes au sein de cette douce et heureuse médiocrité, qui nous tenait également à l'abri de l'ivresse où m'avait plongé ma grande fortune, et de l'abject désespoir que j'avais éprouvé dans la misère. Notre bonheur, pendant huit années, ne fut troublé que par la mort du vertueux pasteur : mais cette triste époque devint comme le signal d'autres malheurs qui dérangèrent un peu notre petite fortune. Une maladie épizootique nous enleva un assez grand nombre de bestiaux ; le feu du ciel nous incendia une grange avec toute la récolte qu'elle contenait. Ce n'eut été rien pour un propriétaire aisé, ce fut beaucoup pour nous. Ces accidents nous jetèrent dans un état de gêne, dont nous serions cependant sortis avec courage au bout de quelques années, si nous n'avions suivi que nos propres conseils.

Un des parents de la mère de Marguerite, étant venu nous voir, nous reprocha de nous contenter d'une si mince fortune, que le moindre événement nous mettrait à deux doigts de notre perte. Il s'était enrichi aux Indes orientales, où il avait un dépôt de marchandises de l'Europe. Il nous conseilla d'affermer notre petit domaine et de nous embarquer avec lui, nous promettant de nous établir avantageusement dans sa maison de commerce, et de nous y donner l'occasion de faire fortune en peu de temps, tout en lui rendant service. Comme nous paraissions attachés à notre patrimoine et peu ambitieux de chercher au loin un bonheur que nous avions déjà trouvé, il fit valoir l'intérêt de nos deux enfants Eric et Gustave, et nous dit qu'il ne nous était pas permis de ne songer qu'à nous. Cette considération l'emporta dans notre cœur sur tout le reste. Nous sacrifiâmes à l'intérêt de notre famille notre goût, nos habitudes, et nous abandonnâmes en pleurant notre maison et notre patrie, pour aller courir sur mer des dangers de toute espèce. Hélas ! ils ne manquèrent point en effet de nous assaillir.

Le premier que nous éprouvâmes ne fut peut-être pas le moins grand, puisqu'il y allait de notre vie. On s'aperçut que le navire faisait une voie d'eau considérable ; nous étions alors à la hauteur de la côte des Esclaves. Nous travaillâmes tous à la pompe pour nous donner le temps de gagner Christiansbourg, fort danois, dont le gouverneur était un ami de notre parent. Nous y fûmes reçus avec beaucoup d'humanité ; mais nous trouvâmes la colonie en guerre avec les nègres, et assez étroitement assiégée dans son fort pour concevoir de vives inquiétudes. Notre arrivée releva cependant son courage, encore qu'elle ne lui servît à rien, car les nègres augmentant

7

aussi le nombre de leurs combattants, finiront par pénétrer dans le fort, et par nous faire tous prisonniers. Marguerite se trouvait alors enceinte de Christine ; son état, qui augmentait mes alarmes, fut cependant ce qui nous sauva. Nos vainqueurs ont un si grand respect pour les femmes près de devenir mères, qu'elles leur commandent en souveraines tant que dure cette situation. Ce respect s'étend même sur tous ceux qu'elles protègent. Il fut cause qu'on ne nous enchaîna point comme les autres prisonniers, et qu'on nous fit monter sur des espèces de chariots traînés par des bœufs, pour nous emmener dans l'intérieur du pays ; car les nègres qui nous avaient vaincus n'étaient pas de la côte des Esclaves : ils n'y vinrent qu'en conquérants sous la conduite d'un prince qui passait pour être aussi puissant que redoutable. Marguerite, dans ce cruel malheur, montrait un courage et une force d'âme que je ne me lassais point d'admirer. C'était elle qui me consolait.

— Mon ami, me disait-elle, ayons confiance en Dieu. L'infortune qui nous arrive ne peut être qu'une épreuve et non un châtiment, puisque ce n'est ni par ambition ni par avarice que nous avons entrepris ce voyage.

Nous comprîmes aisément la raison des honneurs dont elle était l'objet, mais nous n'étions pas sans inquiétudes pour l'avenir, et je frémissais en moi-même que tout cela ne se terminât d'une manière funeste. Nous arrivâmes après un assez long voyage dans la ville capitale du royaume, si l'on peut donner ce nom à un amas de huttes sans ordre et sans symétrie, où tout annonçait la pauvreté. Les prisonniers danois furent tous sacrifiés avec pompe aux mânes des guerriers morts. Notre malheureux parent fut immolé avec eux sans doute, puisque nous ne l'avons jamais revu, et j'aurais subi le même sort, ainsi que mes deux enfants, sans la protection de Marguerite. Quoique nous eussions fait beaucoup de chemin, la contrée où nous étions prisonniers n'était pas éloignée de la mer, parce que celle-ci s'enfonce encore assez avant dans les terres; mais, jaloux de leur indépendance, et instruits par l'expérience de leurs voisins, ces nègres n'ont jamais permis à aucune nation européenne de former chez eux le moindre établissement, et méprisent d'ailleurs le commerce, comme une chose avilissante, propre à les détourner de la guerre, qu'ils préfèrent par-dessus tout.

Le prince ayant désiré nous voir, nous nous rendîmes à sa hutte; il nous considéra avec attention et nous adressa plusieurs fois la parole, sans qu'il nous fût possible de lui répondre, puisque nous ne le comprenions pas. Quoiqu'il portât un collier de dents de ses ennemis, et que tout annonçât autour de lui un attirail de guerre et de férocité, je remarquai que sa physionomie était naturellement douce, expression que faisait ressortir l'air méchant et dédaigueux de ses ministres. La figure de ce prince me resta dans la mémoire; j'espérais me le rendre favorable et en obtenir notre liberté, si je parvenais à m'en faire entendre. Je travaillai avec ardeur à m'instruire de son langage nègre, et j'y fis d'assez rapides progrès pour être en état de m'entretenir avec le roi, lorsqu'arriva l'instant des couches de Marguerite. Hélas! il était temps que j'eusse recours à ce moyen, car on n'attendait que cette époque pour nous sacrifier comme les autres, nous supposant Danois, et leur intention étant de venger sur tous ceux de cette nation la mort d'un de leurs devins que le gouverneur du fort avait tué de sa propre main. On voit par là que mon ignorance nous aurait coûté la vie. Je racontai au roi par quelle aventure nous nous étions trouvés dans le fort, et lui fis sentir l'injustice qu'il y aurait à nous envelopper dans la haine qu'il portait aux Danois, puisque nous ne l'avions jamais offensé, et que nous n'étions pas du même pays. Il me fit jurer sur sa fétiche que je disais la vérité, et lorsqu'il ne conserva plus de doutes, il me promit avec bonté de me laisser vivre en paix avec ma famille,

et maudit publiquement celui de ses sujets qui oserait attenter à nos jours.

— Vous êtes bien heureux, ajouta-t-il, d'avoir une si belle
femme blanche ; lorsque la mienne sera morte et que votre
fille qui vient de naître aura grandi, vous me la donnerez en
mariage.

Ces étranges paroles me causèrent à la fois de la joie et de
la tristesse. Elles m'apprirent que ces nègres, contre la cou-
tume la plus générale parmi eux, n'avaient qu'une épouse,
ce qui me faisait espérer qu'ils respecteraient notre union;
mais j'en conclus aussi que ce roi prétendait nous garder
auprès de lui, ce qui n'était rien moins que consolant. Il avait
été aussi surpris que flatté de la promptitude avec laquelle je
m'étais mis en état de l'entendre et de lui répondre, et me
demanda de lui enseigner la plupart des choses que les
blancs ont inventées pour se rendre la vie agréable. Quelque
désir que nous eussions de recouvrer notre liberté, nous
comprîmes qu'il fallait nous soumettre à notre sort, et ne pas
mécontenter un prince de qui nous attendions notre salut.

Le plus ignorant Européen se trouvera toujours un mérite
supérieur parmi des hommes tels que ceux dont il est question.
Il me fut bien facile d'étonner et de satisfaire ce prince, en
lui apprenant ce que mes enfants savaient déjà. Je lui enseignai la manière de construire des maisons, qui n'eussent passé
dans mon pays que pour de misérables chaumières, mais qui
reçurent dans le sien le nom magnifique de palais. Je les meu-
blai grossièrement de tables et de lits, n'ayant aucun instrument propre à travailler le bois avec quelque délicatesse. Nous
traçâmes le plan d'une ville toute entière; et ce qui acheva de
me gagner l'estime et l'affection de ce peuple, ce fut la cons-
truction d'un moulin à vent pour moudre du maïs, qu'ils
étaient obligés d'écraser péniblement entre des pierres. Ils ne
pouvaient assez admirer cette industrie qui s'empare des

éléments les plus fougueux pour les obliger à servir les hommes, et mon moulin, quoique petit et mal fait, devint un objet de curiosité que toute la nation venait voir des points les plus éloignés de ce royaume. Ce travail me coûta beaucoup, et je regrettai plus d'une fois de n'avoir pas observé assez attentivement toutes les merveilles des arts mécaniques, auxquelles l'habitude nous rend pour ainsi dire indifférents, lorsque j'étais à même de le faire.

De son côté Marguerite apprenait à la femme du roi l'art de donner aux viandes un apprêt qui les rend plus saines et plus agréables; mais tous ces services ne nous valaient que des honneurs et des présents qui n'avaient rien de flatteur pour nous : il n'était pas question de nous renvoyer dans notre pays, et le roi n'y paraissait nullement disposé. Au milieu de la faveur dont je jouissais, j'avais un ennemi d'autant plus dangereux qu'il dissimulait ses sentiments, c'était le chef des devins, jadis le conseiller et le favori du roi, mais dont le crédit avait fort diminué depuis que je faisais des choses fort au-dessus de tout ce qu'il pouvait entreprendre. Cet homme, et quelques autres devins auxquels il inspirait son mécontentement, résolurent de m'enlever du pays avec ma famille, et se servirent pour y réussir du vif désir qu'ils me connaissaient de retourner parmi les miens. Le chef des devins me proposa donc un jour avec beaucoup de mystère, et après m'avoir fait jurer de lui garder le secret auprès du roi, de m'échapper du royaume et de gagner un comptoir européen. Je n'eus pas de peine à démêler que la jalousie seule le portait à me favoriser sur ce point, quoiqu'il m'accablât des marques de son estime; mais je crus devoir en profiter, et Marguerite s'étant trouvée de mon avis, nous nous remîmes avec confiance entre les mains de ce perfide. Le roi était depuis quelques jours occupé à piller les terres de ses voisins, lorsque nous allâmes joindre, au milieu de la nuit, le bord d'une rivière très-rapide, sur laquelle une pirogue nous attendait. Nous ne tardâmes pas à connaître notre péril, non-seulement en ne découvrant aucune côte où nous pussions trouver un établissement, mais à l'air sombre et farouche de ceux qui nous conduisaient. C'étaient, six devins dévoués à leur chef. Ils n'hésitèrent point à nous déclarer que, ne pouvant attenter à nos jours à cause de la malédiction prononcée par le roi, et voulant se défaire de nous, ils avaient ordre de nous abandonner dans la prem'ère île déserte qu'ils rencontreraient. Nous tentâmes inutilement de fléchir ces barbares, en leur représentant que leur but serait aussi bien rempli s'ils nous remettaient entre les mains des blancs : leur aveugle soumission à leur chef les rendit sourds à toutes nos prières. Je tâchai alors, à l'aide d'une petite boussole que je portais sur moi, de me rendre raison de notre route, dans l'espérance que cette connaissance ne me serait pas inutile dans la suite, et il est vrai qu'elle m'aiderait beaucoup à me diriger, si nous trouvions quelque moyen de sortir de cette île. Nous y abordâmes au bout de six jours de navigation. Les nègres la visitèrent d'abord pour s'assurer qu'elle était inhabitée; mais il y a apparence qu'ils ne traversèrent point le lac, puisque vous ne les avez point aperçus. Un d'entre eux, soit par haine, soit par pitié, car tout nous présageait sur cette côte aride une mort lente et funeste, proposa de nous immoler avant de partir. Ce conseil parut aux autres une impiété capable d'attirer sur eux quelque malheur dans leur retour, et ils ne crurent pouvoir s'en préserver qu'en tuant celui qui venait de s'en rendre coupable. Ils s'en saisirent; le plongèrent dans l'eau la tête la première, jusqu'à ce qu'il eut cessé de vivre (c'était le supplice des devins prévaricateurs), et jetèrent son corps dans la rivière de la Cascade qui se décharge dans le lac. Ils se rembarquèrent aussitôt après cette expédition, nous laissant dans la plus horrible situation qu'on puisse imaginer. Vous-même, malgré ce que vous avez souffert, ne pouvez comprendre parfaitement la douleur d'un père et d'une mère qui voient devant leurs yeux de chers enfants condamnés à périr de faim et de misère ! Je m'approchai de Marguerite, qui était près de s'évanouir en regardant son plus jeune enfant que la mort allait prendre sans doute pour sa première victime, et la serrai dans mes bras avec toutes les marques du plus profond désespoir, sans avoir le courage de lui parler. Elle me montra du doigt la mer, comme si elle m'eût invité à y chercher tous ensemble la fin de nos tourments. L'excès de son affliction me rappela à moi-même.

— Chère amie, lui dis-je, tu as toujours soutenu mon courage dans tous nos périls, ne m'abandonne pas encore dans celui-ci. Quelque grand qu'il soit, il n'est pas au-dessus de la puissance divine ; implorons son secours.

Nous tombâmes tous à genoux ; notre prière fut accompagnée de nos larmes, mais elle remit le calme dans notre esprit. Nous cherchâmes aussitôt un abri au pied de la montagne pour y passer la nuit. La cascade nous fournissait de l'eau, et la mer quelques mauvais coquillages dont nous vécûmes ; mais déjà Christine n'en voulait plus manger, et ce genre de vie nous aurait bientôt réduits à périr de faiblesse si le ciel ne vous eût envoyé à notre secours. Nous n'aspirons désormais qu'à retourner dans notre patrie pour y reprendre nos habitudes modestes et laborieuses ; trop heureux si nous ne les eussions jamais quittées !

CHAPITRE XX.

De quelle manière George et la famille suédoise parvinrent à sortir de l'île.

Cette histoire d'Hastendorf fut suivie de réflexions qu'elle faisait naître naturellement dans notre esprit. Nous demeurâmes d'accord que l'état le plus favorable au bonheur et à la vertu est celui où les besoins étant satisfaits, on ne s'aperçoit des bornes étroites de sa fortune que dans les désirs déréglés, et que ce frein est presque toujours le plus solide appui de la sagesse humaine. Cette situation était précisément la même dans laquelle j'avais laissé ma famille à mon départ : il n'avait tenu qu'à moi d'en goûter les douceurs, mais je le reconnaissais trop tard.

Je remerciai affectueusement le Suédois du témoignage de confiance qu'il venait de m'accorder, et le priai de me regarder désormais comme l'aîné de ses enfants, en l'assurant qu'il trouverait toujours en moi une soumission égale à la leur. Plus les gens de bien se connaissent, plus ils découvrent de motifs de s'estimer réciproquement, et s'attachent les uns aux autres. J'ose dire que ce fut ce qui nous arriva, surtout lorsque l'habitude de vivre ensemble et l'étude que nous nous plaisions à en faire, nous eurent donné la facilité de converser en français et en suédois. Chacun de nous avait ses occupations. Marguerite, que ce soin regardait naturellement, se chargea de l'intérieur du ménage. C'était elle qui conservait les provisions, qui surveillait la basse-cour, recueillait les œufs et faisait cuire les aliments. Elle s'acquittait si habilement de son emploi que nous étions tout étonnés de ses procédés ingénieux, et de nous trouver servis avec délicatesse et abondance dans le sein de la disette même. Son mari lui reprochait en badinant de nous gâter par une sensualité d'un nouveau genre. Eric et Gustave, pour qui la chasse et la pêche étaient des plaisirs très-vifs, secondaient parfaitement leur mère en nous entretenant de poisson et de gibier, qu'ils prenaient dans des pièges ou avec de la glu. Hastendorf et moi, nous nous étions chargés de la partie des fruits et des racines. Cette récolte, qui nous obligeait à de grandes courses dans l'île, nous fournissant en même temps l'occasion d'aller à la découverte des vaisseaux, nous ne passions guère de jour sans visiter la côte, tantôt dans une partie, tantôt dans l'autre, ce qui nous rendit bientôt intrépides marcheurs. Nous construisîmes aussi un autre radeau plus grand et plus solide que le premier, et le passage du lac, qui m'avait d'abord paru un voyage important et périlleux, ne devint plus pour nous qu'un badinage. Deux ans s'écoulèrent néanmoins sans nous apporter aucun fruit de notre activité et de nos recherches : nul vaisseau n'approcha des parages de l'île pendant tout ce temps-là, ce qui nous affligeait singulièrement, quoique je ne laissasse pas de m'applaudir de l'adoucissement que la présence de mes chers hôtes avait apporté dans ma situation. Nous nous aimions tous comme si nous n'eussions été qu'une famille, et notre plus grande joie était de nous préparer mutuellement quelque surprise agréable. Marguerite avait une voix charmante. Elle nous chantait souvent des romances de son pays, dont l'air et les paroles s'accordaient d'une manière si touchante avec les dispositions de nos cœurs, que nous finissions presque toujours par verser des larmes d'attendrissement. Elle en savait une surtout que je me plaisais à lui faire répéter : c'étaient les plaintes d'un exilé qui gémissait loin de sa patrie. Quelquefois je prenais ma clarinette et j'accompagnais sa voix, ce qui formait un petit concert fort agréable, surtout à l'oreille de pauvres solitaires tels que nous. Nous nous réunissions ordinairement le soir au bord du lac, dans quelque site pittoresque, ou devant les palmiers de la colline. Là Hastendorf se plaisait à nous donner une double leçon de langue, dans de petits dialogues moitié français, moitié suédois ; ou bien, prenant seul la parole, il nous racontait quelque histoire, employant alternativement les deux dialectes, et nous familiarisait ainsi avec eux en excitant notre curiosité. Son épouse terminait la séance par un morceau de musique. Il me semble voir encore cette femme intéressante, le visage animé des tendres sentiments qu'elle exprimait, souriant avec douceur à son petit enfant, qui, debout et appuyé sur l'épaule de sa mère, fixait sur elle ses grands yeux bleus. Nous-mêmes, à peine osions-nous respirer, tant nous étions émus.

Marguerite et ses enfants s'accoutumèrent si bien à cette vie, qu'ils paraissaient peu impatients de sortir de cette île. Il est présumable cependant que la première n'était pas sans inquiétude pour l'avenir, et qu'elle partageait à cet égard les sentiments de son époux ; mais soit qu'elle attendît avec plus de confiance et de résignation le secours de la Providence, soit qu'ayant éprouvé auparavant les plus cruelles angoisses, elle goûtât mieux la douceur et la tranquillité dont nous jouissions, on ne l'entendait jamais se plaindre de son sort. Pour moi je ne pouvais me soumettre au mien qu'en me flattant de quelque espérance. Le spectacle d'une mère au milieu de ses enfants ne servait qu'à me rappeler plus vivement la mienne, et à redoubler mon impatience de la revoir. Hastendorf de son côté gémissait de voir sa famille confinée dans ce lieu sauvage, où ses fils perdaient leurs plus belles années. La crainte de troubler le cœur de Marguerite nous empêchait d'en parler en

sa présence; mais dès que nous étions seuls, nous n'avions
point d'autre sujet de conversation, et nous nous épuisions à
inventer quelque moyen pour regagner le continent. Nous ne
pouvions le faire sans canot, et la difficulté était de nous en
procurer un, n'ayant ni planches ni outils pour en faire. Nous
avions mis souvent en question s'il ne nous serait pas possible
de creuser un arbre à la manière des sauvages, mais nous
n'en trouvions point d'assez gros pour contenir six personnes,
si ce n'était le bahobab dans lequel nous étions logés, et que
nous ne savions comment abattre, à cause de son énorme
grosseur. D'ailleurs, si nous ne réussissions point à nous en
servir, nous nous privions d'un abri solide contre les orages
et les pluies, qu'il nous serait impossible de remplacer, cet
arbre étant le seul de cette espèce qu'il y eût dans l'île. Un
jour qu'il paraissait très-rêveur, Hustendorf me dit qu'il méditait un projet hardi.

— Vous voyez, poursuivit-il, que nous espérons en vain
qu'un vaisseau paraisse. Selon toute apparence cette île n'est
pas sur la route qu'ils suivent ordinairement, et nous ne pouvons être secourus que par un hasard, sur lequel il ne faut
point compter. Il ne nous reste qu'à nous délivrer nous-
mêmes, si nous ne voulons périr ici.

— Oui, sans doute, lui répondis-je; mais quelle ressource
avons-nous pour y parvenir? en est-il une que nous ayons
négligée, et faisons-nous autre chose que de nous occuper de
ce projet? cependant nous ne savons encore comment le mettre
à exécution.

— George, me dit-il en me serrant la main, je prétends me
dévouer pour ma famille et pour vous-même. Nous réussirons
aisément à creuser un arbre sur lequel un homme seul puisse
s'embarquer; il ne nous faudra pour cela que du temps et de
la patience. Alors, guidé par ma boussole, et surtout par la
main de Dieu, j'espère arriver à quelque établissement euro-

péen, ou rencontrer quelque navire qui me donnera les
moyens de revenir vous enlever d'ici avec ma femme et mes
enfants.

Sa hardiesse m'étonna et m'effraya en même temps. Je me
jetai à son cou fort attendri. Je lui dis que c'était à moi de
risquer ma vie pour notre commun salut, et non à un père de
famille, dont l'existence intéressait si chèrement une épouse et
des enfants encore jeunes.

— Non, reprit-il, non cher George, vous n'avez pas l'expérience nécessaire pour une semblable entreprise; où ma perte
n'est que douteuse la vôtre deviendrait certaine. Quant à ma vie,
songez qu'elle ne sert à rien ici à ma famille, et que peut-être
en la méprisant pour l'amour d'elle, je puis rendre mes enfants
à la société. Lorsque je réfléchis que huit jours de navigation
suffisent pour cela, les périls ne me paraissent pas dignes
d'être comptés pour quelque chose. Je ne me flatte pas d'obtenir à cet egard le consentement de Marguerite, son amitié
pour moi s'y opposerait; mais je me sens le courage de partir
sans lui dire adieu, tant je désire la délivrer d'une vie si misérable.

Ce projet flattait trop mon inclination et mes espérances
pour que je le combattisse avec beaucoup d'ardeur. La confiance d'Hastendorf excitait la mienne, et le peu de connaissance que j'avais de la navigation m'empêchait d'apprécier
parfaitement les dangers qu'il allait courir. Nous eûmes bientôt fait choix d'un arbre qui nous parut facile à travailler, et
d'une dimension favorable. Il croissait sur les revers de la
montagne, qui m'avait semblé impraticable pendant que
j'étais seul, et que, dans la compagnie du Suédois, je fran-
chissais comme un chevreuil, tant la société d'un homme cou-
rageux donne de l'audace au plus timide. Après avoir coupé
cet arbre, que nous fîmes rouler au bas de la montagne et
qu'avec l'aide d'Eric et de Gustave nous approchâmes assez

près du rivage pour pouvoir le mettre aisément à flots, lorsqu'il serait en état de servir, nous nous occupâmes tous de le creuser. J'étais le seul instruit de sa véritable destination ; les autres croyaient qu'il ne devait être employé qu'à côtoyer l'île pour faciliter nos courses d'une partie à l'autre, selon ce que leur père avait jugé à propos de leur déclarer. Trois mois nous suffirent pour construire notre canot, qui se trouva aussi bien fait que cela nous était possible. Plus l'ouvrage s'avançait, plus j'avais de peine à dissimuler ma tristesse et mon inquiétude, qu'augmentait encore la joie des jeunes suédois, qui, n'apercevant dans ce canot qu'un nouvel instrument de plaisir, étaient fort impatients de le voir lancer à la mer. Ce moment arriva enfin. Hastendorf ne voulut point différer de partir. Nous équipâmes secrètement le canot, et après nous être fait de longs et pénibles adieux, dans lesquels Hastendorf me recommanda sa femme et ses enfants s'il venait à périr dans son entreprise, je le vis s'abandonner courageusement à sa destinée.

Il n'est point d'expression capable de rendre assez énergiquement ce que j'éprouvai en me séparant ainsi d'un homme qui m'était devenu si cher. Je m'en retournai à nos habitations plein d'une tristesse mortelle, ne sachant comment me montrer aux yeux de Marguerite dont je redoutais et les reproches et la douleur. Je m'assis au bord du lac pour reprendre un peu de courage, mais mon cœur était si oppressé que des larmes abondantes coulèrent aussitôt de mes yeux. Eric m'ayant aperçu sans que je le découvrisse, fut alarmé de me voir seul absorbé dans mon affliction; il alla avertir sa mère de ce qui se passait ; elle accourut vers moi toute tremblante et je me trouvai entouré de cette malheureuse famille qui me demandait avec angoisse ce que j'avais fait de son appui. Ma consternation et mes pleurs exaltèrent l'imagination de Marguerite; elle jeta un grand cri en disant que son époux était mort. Je ne fus pas fâché de la voir outrepasser le but, espérant qu'elle en soutiendrait mieux la vérité.

— Non, Madame, lui répondis-je, votre époux n'est pas mort, et nous pouvons encore nous flatter de le revoir, si la Providence daigne lui tendre dans ses périls une main secourable.

Et, sans lui laisser le temps de m'interrompre, je lui racontai le dessein audacieux qu'Hastendorf mettait alors à exécution, joignant à ce récit les circonstances les plus propres à la rassurer, ainsi que j'en étais convenu avec le Suédois. Marguerite pleura amèrement en m'écoutant; elle se plaignit d'avoir été cruellement trahie par moi, par son époux, et montra une douleur dont mes consolations ni les caresses de ses enfants ne purent triompher. Cette infortunée eut bientôt de nouvelles raisons de s'alarmer. Un furieux orage s'éleva tout à coup, le ciel s'obscurcit, de longs éclairs fendirent la nue, le tonnerre retentit d'une manière terrible, et tous les éléments parurent bouleversés. Renfermés dans l'intérieur du baobab, nous étions tous à genoux, le visage baigné de pleurs, et n'ayant devant les yeux que le malheureux Hastendorf luttant seul dans un misérable trone d'arbre contre la violence de l'Océan, ou plutôt, le supposant déjà englouti dans la profondeur des vagues.

La tempête se calma au point du jour ; Gustave, qui venait de sortir pour examiner l'état du ciel, revint précipitamment nous dire qu'on apercevait un feu allumé de l'autre côté du lac. Nous sortîmes tous pour nous en assurer par nos propres yeux, et nous vîmes en effet une flamme vive et brillante dans la direction de la forêt où nous avions passé une nuit. Nous étions trop occupés d'Hastendorf pour ne pas songer à lui en ce moment, quoiqu'il n'y eût guère d'apparence qu'il fût là, puisqu'il s'était embarqué la veille à l'heure de midi, et que l'orage ne se déclara que le soir. Néanmoins, comme il était probable que ce feu n'avait pu s'allumer que par la main des hommes, car il était trop peu considérable pour être r garrdé comme un incendie, je résolus de monter sur le radeau et d'aller m'assurer de la cause qui le produisait Cette résolution fut un nouveau sujet de douleur pour Marguerite : elle me représenta que ce signal cachait peut-être quelque danger, que si je venais à périr, elle et ses enfants demeureraient sans secours, au lieu qu'elle comptait sur moi pour les protéger lorsqu'elle ne serait plus : je lui promis d'agir avec toute la prudence qu'elle pouvait désirer ; mais je la forçai de convenir en même temps que trop de pusillanimité n'était propre qu'à prolonger notre malheur. Cette pauvre dame, qui avait donné autrefois tant de preuves de courage, était maintenant si abattue par l'absence de son époux, qu'elle en perdait toute son énergie. Je m'embarquai en toute hâte, en repoussant les efforts de Gustave qui voulait me suivre ou me retenir. Dès le milieu du passage je distinguai un homme qui m'appelait du geste et de la voix, et lorsque je fus plus rapproché, je reconnus dans cet homme Hastendorf lui-même. Avec quel transport je me jetai dans ses bras.

— O mon ami ! m'écriai-je, quel Dieu vous a rendu à notre amour ! Trop sensible Marguerite ! vos pleurs vont donc être essuyés.

— Hâtons-nous de la rejoindre, me répliqua Hastendorf ; j'erre depuis hier au soir sur ce rivage dans l'espérance de vous faire remarquer mon signal ; mais sans doute les approches de la tempête ne vous ont pas permis de sortir.

Pendant la traversée, il me raconta qu'en voulant doubler la pointe méridionale de l'île, il avait rencontré un courant dont la violence menaçait de l'emporter en pleine mer dans une direction opposée à celle qu'il avait besoin de suivre ; qu'après d'inutiles tentatives pour franchir cet obstacle ou l'éluder, en côtoyant de plus près le rivage, remarquant que la mer grossissait, il avait prudemment débarqué lorsqu'il en était temps encore. A peine fut-il à terre que l'ouragan commença et emmena son canot, malgré les précautions qu'il avait prises pour le fixer. Hastendorf, désespéré d'une aventure qui lui enlevait le fruit d'un long travail et l'unique ressource qui lui restait pour sortir de cette île, courait le long du rivage, malgré la violence de l'ouragan, pour tâcher d'apercevoir son canot et de s'assurer en quel endroit il serait jeté par les vagues, car les vents venaient de la mer. Un autre objet arrêta ses regards. Il vit une longue pirogue africaine flottant au gré des vagues, le long des rives de l'île, tantôt enfoncée dans le sable, tantôt rejetée en pleine mer. Elle entra enfin dans une petite crique formée par une enceinte de rochers qui la mirent à l'abri du vent ; mais contre lesquels elle risquait d'être brisée comme du verre. Hastendorf n'hésita point de se jeter à l'eau pour la préserver de sa destruction. Il parvint à la pousser si avant sur le sable qu'elle s'y enfonça et demeura immobile. Cette pirogue, quoique fort grande était d'une extrême légèreté, et l'endroit où elle se trouvait se ressentait peu de la violence de la tempête.

— Il n'y a point à balancer, ajouta Hastendorf en achevant ce récit, si la pirogue ne nous a point été enlevée par quelque nouvel accident, il faut en profiter pour partir tous ensemble de cette île.

J'entrai dans ce projet avec tant d'ardeur que j'aurais voulu retourner sur-le-champ vers la pirogue, mais il fallait aller consoler Marguerite. Le lecteur devinera aisément tout ce qu'occasionna d'intéressant le retour inattendu du Suédois au milieu de sa famille. Ce ne fut pendant quelques instants qu'un mélange de joie et de pleurs, de caresses et de plaintes interrompues, puis on s'occupa du point important de notre délivrance. Après avoir déjeuné à la hâte, nous allâmes tous ensemble examiner l'état de la pirogue. Elle ne se trouva

nullement endommagée et nous eûmes tout lieu de nous flatter
qu'elle nous conduirait parfaitement au terme de notre voyage,
si nous étions assez heureux pour être favorisés par un temps
calme. Nous rassemblâmes autant de provisions qu'il nous en
fallait pour un mois de navigation, quoique nous dussions en
avoir besoin que pour huit ou dix jours, selon le calcul d'Hastendorf; et six années environ après mon arrivée dans cette île,
j'en partis avec la famille suédoise, non sans avoir adressé au
ciel les vœux les plus ardents pour l'heureuse issue de notre
entreprise.

CHAPITRE XXI.

En quel endroit la Providence fit aborder George et ses compagnons de voyage.

Il me serait difficile de me rendre raison de ce qui se passait
en moi, au moment que je perdis de vue le rivage de mon île.
J'éprouvais un sentiment confus mêlé (de joie, de tristesse et
d'inquiétude, qui me surprenait moi-même. Le pouvoir de
l'habitude est tel que je ne pouvais m'empêcher de jeter un
coup-d'œil de regret sur une solitude où je venais de passer
les six plus belles années de ma vie, quoique pendant tout ce
temps je n'eusse cessé de désirer d'en sortir. Il est vrai aussi
que nous n'étions pas hors de danger, et que l'incertitude de
l'avenir favorisait encore les avantages du passé, en me faisant craindre des maux pires que ceux dont nous voulions

nous affranchir. Le ciel et la mer, également sereins et tranquilles, ne nous offrirent néanmoins, pendant six jours, que des gages de sécurité. un vent frais semblait nous conduire de lui-même vers le continent que nous cherchions. Nous entrâmes avec la marée dans l'embouchure d'une large rivière qui se jette dans le golfe de Guinée, et que le Suédois prit pour celle que les Portugais nommèrent *Formosa* ou *la Belle*; mais il se trompait; nous étions beaucoup plus au sud-ouest, et nous ne découvrîmes aucune apparence d'établissement européen. Nous ne laissâmes point néanmoins d'avancer, et même assez rapidement, à cause de la marée qui remontait fort avant dans le fleuve. Un village composé de huttes rondes qui s'étendaient sur le bord de l'eau, frappa nos yeux en ce moment, et, dans le temps que nous délibérions pour savoir si nous oserions y aborder, les habitants sortirent de leurs maisons et nous examinèrent en se parlant vivement les uns aux autres. Plusieurs d'entre eux, voyant que nous hésitions à descendre à terre, s'avancèrent en nous faisant des signes qui nous parurent encourageants. Les Suédois, qui connaissaient un dialecte nègre, prêtaient attentivement l'oreille pour tâcher d'entendre ce que disaient ceux-ci; mais le bruit du fleuve et celui de tant de gens parlant tous à la fois ne leur permirent pas de recueillir un seul mot capable de les éclairer. Nous prîmes cependant la résolution de tenter l'aventure, tant parce que nous ne savions que devenir, que parce qu'on paraissait nous inviter à la confiance; mais à peine fûmes-nous débarqués, qu'une centaine de nègres se pressa autour de nous, et que leurs physionomies prirent aussitôt le caractère le plus hostile. Ils nous accablèrent d'injures et de menaces. Haslendorf, quoiqu'il ne les comprît pas parfaitement, devina néanmoins qu'ils nous reprochaient d'avoir tué plusieurs des leurs, et de nous être emparés de leur pirogue. Ce fut inutilement qu'il essaya de nous justifier à cet égard:

ils ne daignèrent pas seulement l'écouter, et prirent la résolution de nous conduire à leur roi, qui, ayant été autrefois
esclave chez les blancs, pourrait jouir de la douceur de se
venger sur nous de l'injustice de ses maîtres. Nous nous
regardâmes dès lors comme des gens perdus sans ressources,
connaissant le caractère vindicatif des nègres et le peu d'humanité avec laquelle ils sont ordinairement traités dans les
colonies. Hastendorf, qui se considérait comme la cause de
cette nouvelle infortune, surmonta son propre désespoir pour
relever notre courage abattu, et Marguerite elle-même, quoique elle eût la mort peinte dans les yeux, exhortait ses enfants
à mettre en Dieu toute leur confiance.

Je pourrais me parer ici d'une force d'âme capable d'inspirer à mon lecteur une haute opinion de mon esprit; mais peu
jaloux d'une estime usurpée, je conviendrai avec ma sincérité ordinaire qu'un trouble insurmontable s'était emparé de
mon imagination, qui ne me représentait que le trépas accompagné de tourments épouvantables. C'est alors que tournant
mes regards vers le passé, je regrettai amèrement mon île solitaire.

— O rives tranquilles de mon beau lac! me disais-je au fond
de mon cœur, pourquoi vous ai-je abandonnées? Hélas! le
désert le plus sauvage n'est-il pas préférable à la société des
hommes barbares et inhumains au milieu desquels je me
trouve? et ne devais-je pas me contenter des bienfaits dont la
Providence me faisait si abondamment jouir?

La crainte d'augmenter les angoisses de mes amis m'empêchait d'exprimer tout haut ces désolantes pensées; mais ils
les lisaient sur mon visage, ou plutôt elles leur venaient en
ce moment aussi naturellement qu'à moi; les nègres nous
lièrent les mains derrière le dos, et nous ayant fait embarquer
de nouveau, ils nous emmenèrent en remontant la rivière
jusque dans la ville capitale du royaume.

Cette ville, bâtie en bois, occupait un amphithéâtre agréablement situé sur la rive gauche du fleuve, et présentait un ordre et une élégance inconnus dans ces royaumes grossiers. Le port était rempli d'un assez grand nombre de pirogues ; on en construisait même de nouvelles plus perfectionnées que les autres, ce que nous ne remarquâmes pas sans étonnement, ainsi que l'air d'activité qui régnait parmi le peuple. Au centre de la ville, sur un plateau qui la dominait, s'élevait un édifice plus considérable que les autres, et environné d'une promenade plantée d'arbres dont l'ombrage épais y entretenait la fraîcheur ; c'était là le palais du roi. Amenés en sa présence comme de vils criminels, nous le trouvâmes sous les arbres, assis entre un homme et une femme vénérables, et donnant ses ordres à quelques officiers. Il nous regarda d'un air qui n'avait rien de farouche ; mais à peine l'eus-je envisagé avec attention, que je reconnus en lui ce jeune nègre dont l'histoire m'avait si fort intéressé, et qui se trouvait passager comme moi sur le vaisseau destiné pour l'Ile-de-France. Une vive espérance succédant tout à coup à mes alarmes, je tendis les mains vers lui en m'écriant :

— Si mes yeux ne me trompent point, si vous êtes ce même Hyacinthe que son courage fit triompher de la tempête, reconnaissez en moi ce malheureux George Hernilis abandonné sur le vaisseau français, et délivrez-moi, ainsi que mes compagnons d'infortune, du nouveau péril qui nous menace.

Mon émotion devint si forte que ma voix s'éteignit dans les pleurs. Hyacinthe s'avança vers moi pour m'embrasser, détacha lui-même mes liens, et nous assura que nous étions parfaitement en sûreté dans son royaume. Pendant ce temps-là, ses officiers rendaient aussi la liberté à la famille suédoise, et les deux personnes vénérables assises à ses côtés, qu'il nous présenta comme son père et sa mère, Maguma et Vhakiré, nous firent de leur côté beaucoup de caresses. Sa mère s'occupa particulièrement de Marguerite, qui ne put supporter sans s'évanouir le passage subit de l'excès de la crainte à la sécurité ; elle la fit porter par ses femmes dans une chambre du palais, où nous eûmes tous la permission de la suivre.

Cependant ceux qui nous avaient amenés, fort étonnés de ce bon accueil, murmuraient contre le prince. Ils n'étaient animés contre nous que parce qu'ils nous regardaient comme des brigands qui avaient massacré leurs frères pour s'emparer de leur pirogue. Hyacinthe ayant écouté leurs griefs, n'eut pas de peine à les dissuader d'une erreur qui avait pensé nous devenir funeste, et les nègres satisfaits des raisons qu'il leur donna, s'en retournèrent paisiblement dans leur village.

Hyacinthe m'ayant tiré à l'écart, me demanda alors comment j'avais échappé au naufrage de notre vaisseau, et par quel événement je me trouvais en Afrique avec cette famille suédoise. Je m'empressai de le satisfaire. Il écouta mon récit avec autant d'intérêt que de curiosité, et prenant à son tour la parole, il me raconta obligeamment ce qui lui était arrivé depuis notre séparation, dans les termes que le lecteur peut lire dans le chapitre suivant.

CHAPITRE XXII.

Suite des aventures du nègre Hyacinthe.

Je ne doute point, mon cher George, me dit-il, que vous n'ayez été frappé d'étonnement en me retrouvant à la tête d'un royaume, moi qui, à peine affranchi de l'esclavage, ne retournais à l'Ile-de-France que pour y perdre de nouveau ma liberté, seul prix auquel je pusse racheter mes malheureux parents. L'horrible tempête qui nous assaillit, pensa rendre ce dessein inutile, en m'ensevelissant dans les abîmes de la mer, et je puis vous assurer que la mort me parut moins cruelle que la pensée du triste état dans lequel je laissais sans consolations deux personnes si chères. Mon existence ne me touchant qu'autant qu'elle pouvait leur être utile, je ne balançai pas à l'exposer courageusement pour me sauver d'une perte certaine, et vous fûtes témoin de la hardiesse avec laquelle je me jetai à la mer pour aller rejoindre les canots. Ceux qui les montaient n'osèrent se montrer plus impitoyables que les vagues elles-mêmes, et me reçurent à bord. Je ne vous détaillerai point les craintes et les souffrances auxquelles nous fûmes en proie pendant quinze jours de navigation ; les maux que vous avez éprouvés vous donneront une idée de ceux qui nous accablèrent dans une situation à peu près semblable : mais ce que vous n'aviez pas à supporter, c'étaient les violences et les querelles d'une troupe de gens grossiers, qui, suspendus entre la vie et la mort, ne songeaient néanmoins qu'à s'enivrer, à piller les vivres, et qui, n'écoutant ni raisons ni remontrances, n'y répondaient que par d'horribles menaces. Ils en vinrent même jusqu'à s'égorger les uns les autres. De quarante personnes que nous étions dans la chaloupe, il n'en débarqua que quinze sur cette terre ; et quant à l'autre canot, j'ignore ce qu'il est devenu. A peine eûmes-nous touché le bord, qu'impatient de me séparer de ces bandits, plus à craindre pour moi que les animaux féroces, je me hâtai de m'échapper à la faveur de la nuit qui régnait en ce moment. Lorsque je me crus assez loin pour qu'ils ne pussent me retrouver, je m'assis au pied d'un arbre pour prendre un peu de repos. Déjà mes yeux commençaient à s'appesantir, des rugissements affreux me réveillèrent tout à coup, c'étaient ceux du lion. Saisi d'une nouvelle frayeur, je grimpai rapidement au sommet de l'arbre au pied duquel j'étais assis, et je vis passer à mes pieds le terrible animal, qui, averti par son odorat, rôda toute la nuit dans mon voisinage. Il se retira cependant au lever du soleil ; mais n'étant pas encore bien remis de la frayeur que j'avais eue, je n'osais descendre de l'arbre, d'autant plus qu'ils étaient rares en cet endroit, et que je n'aurais trouvé aucun refuge si le lion m'eût assailli une seconde fois. J'étais dans cette cruelle anxiété, quand une troupe de nègres armés de flèches, les uns à pied, les autres montés sur des éléphants, se répandit dans la plaine pour chasser ce même lion, lont l'aspect m'avait justement épouvanté, et qui avait fait beaucoup de mal parmi eux, comme ils me l'apprirent par la suite. A la vue de ces hommes d'une couleur semblable à la mienne, je sentis naître en moi une joie et une confiance sans bornes. Je descendis de l'arbre en courant à eux les bras ouverts.

—O mes frères ! m'écriai-je sans penser qu'ils ne comprenaient point mon langage europden, mes frères, recevez-moi parmi vous.

Les noirs auxquels je m'adressai me regardèrent avec une extrême surprise, et me montrèrent leur chef qui était monté sur un éléphant de belle taille. Ce chef me considéra avec encore plus d'attention, et dit aux siens qu'il fallait me secourir, puisque je paraissais implorer leur assistance. Je reconnus l'idiome de mon père et de ma mère que j'avais parlé moi-même dans mon enfance, et j'eus d'abord la pensée que peut-être je me trouvais dans leur pays natal. Cependant je ne laissai rien paraître du sentiment qui m'agitait, n'ignorant point que plusieurs peuplades ont un langage commun ; mais de même que les blancs, ces peuplades ne laissent pas de se haïr et de se faire fréquemment la guerre. Je feignis donc de ne pas comprendre ces nègres, jusqu'à ce que je les connusse mieux. La chasse se continua, et lorsqu'on eut tué le lion, le chef, dont les regards semblaient ne pouvoir se détacher de moi, me fit signe de m'asseoir près de lui sur son éléphant. Dès qu'il m'eut à sa portée, il redoubla ses attentions et ses caresses d'une manière si tendre que j'en fus fort étonné. Arrivés à ce palais, qui était alors le sien, il me présenta à sa sœur en lui disant :

—Regarde ce jeune homme, et dis-moi s'il ne te semble pas revoir notre malheureux frère Maguma, tel qu'il était lorsque nos ennemis le ravirent à notre tendresse et le vendirent aux blancs avec la belle Vhakiré, son épouse.

Ce que j'éprouvai en entendant ces paroles qui m'apprenaient que j'avais devant les yeux mes plus proches parents, ne me laissa pas le loisir d'écouter la réponse de celle à qui on les adressait. Je me jetai tout éperdu entre les bras du prince nègre.

— Où suis-je! m'écriai-je, en pleurant de joie, Dieu m'aurait-il conduit en effet dans le pays de mes aïeux, ma seule véritable patrie ! Ah ! croyez-en le rapport de vos yeux, oui, vous revoyez en moi votre cher frère, puisque je suis le fils de Maguma et de Vhakiré.

Je peindrais difficilement la surprise du frère et de la sœur en m'entendant m'exprimer dans leur langue et leur déclarer des choses si inattendues. Ils m'adressèrent plusieurs questions pour s'assurer que je ne leur en imposais point. Heureusement mes chers parents m'avaient entretenu tant de fois de leur pays et de leur parenté, que j'étais fort en état de les satisfaire. Dès qu'ils ne purent plus douter que je ne fusse leur neveu, ils me prodiguèrent à l'envi mille caresses, et se hâtèrent de répandre cette nouvelle dans tout le royaume, qui à la vérité n'est pas fort étendu. Tous ceux qui avaient connu mon père et son épouse accoururent pour me voir et me parler d'eux ; et je remarquai que chacun en conservait un souvenir fort tendre.

Je ne vous cacherai point, George, combien je me sentis heureux et touché de tant de marques de bienveillance, dont je me vis l'objet au milieu de ma patrie, et à quel point je me trouvai flatté d'appartenir de si près au chef de cette nation, quelque peu importante et civilisée qu'elle fût. D'ailleurs ses mœurs n'avaient rien de féroce ; je jugeai même qu'on les policerait aisément, et mon oncle m'avait fait plusieurs fois pressentir qu'il me laisserait en mourant sa couronne, n'ayant point d'héritiers présomptifs ; mais ni la faveur dont je jouissais, ni cette espérance, ne pouvaient me faire oublier le sort de mes parents et le dessein pour lequel je m'étais embarqué. Je le déclarai franchement à mon oncle, qui en éprouva une vive douleur.

Il me parla alors ouvertement de son projet de me faire succéder à sa couronne, et même de m'associer avec lui au gouvernement, se flattant sans doute par-là de me retenir plus sûrement. Il ajouta que si je partais, il n'espérait plus me revoir, tant à cause de son grand âge, que parce que les Européens me retiendraient dans l'esclavage. Ces paroles, accompagnées de larmes et de démonstrations affectueuses, me touchèrent profondément, mais elles ne purent me faire renoncer à ma résolution. Mon oncle, la voyant inébranlable me donna au moins toutes les ressources qui dépendaient de lui pour en assurer le succès. Il me fit conduire dans le royaume de Benin, dont le peuple fait un grand commerce avec les Européens, et me chargea d'autant d'or que je pus en emporter, espérant avec raison que ce précieux métal me servirait à me racheter avec mes parents. Je promis à cet homme généreux de faire tous mes efforts pour revenir avec mon père et ma mère profiter des bontés qu'il me témoignait.

Je n'espérais guère trouver un vaisseau qui me conduisît directement à l'Ile-de-France, mais je comptais pouvoir gagner le cap de Bonne-Espérance où les Hollandais ont une colonie, et de là me rendre ensuite facilement à ma destination. La Providence me réservait un plus grand bonheur. Un navire français mouillait dans la rivière de Benin, et lorsque je m'y rendis pour parler au capitaine, la première personne que je rencontrai fut mon jeune maître, monsieur Pascal. Je voulus me jeter à ses pieds ; il me retint dans ses bras avec une joie d'autant plus vive qu'il me croyait enseveli sous les vagues avec notre vaisseau. A peine lui eus-je fait le récit de mes aventures, qu'il me félicita de mon sort et de la prochaine grandeur qui m'attendait en y ajoutant des éloges que mon amitié pour lui me rendait bien flatteurs, mais qui seraient déplacés dans ma bouche.

— La seule chose qui m'afflige, continua-t-il, c'est de penser que nous allons vivre désormais séparés l'un de l'autre ; mais comme je te porte une affection sincère, l'idée de ton bonheur et de ta gloire me consolera de ton absence. Apprends, au reste, que tu n'as plus rien à redouter de mon frère. Sa

dureté envers ses esclaves vient de causer sa mort ; un d'eux
a porté le désespoir de la vengeance jusqu'à le poignarder
dans son lit. Héritier de tous ses biens, je n'ai pas besoin de te
dire dans quelles dispositions je me sens à l'égard de ton père
et de ta mère ; ils méritent ma reconnaissance par leur fidélité envers ma famille, par les services qu'ils ont rendus à mon
père, et surtout par le présent qu'ils m'ont fait d'un ami tel que
toi : mon premier acte d'autorité, dans la colonie, sera de les
déclarer libres aussi bien que leur fils.

Quoique je n'en attendisse pas moins du meilleur des
hommes, cette nouvelle marque de son amitié me pénétra si
vivement qu'il me fut d'abord impossible de lui exprimer ce
que je sentais, et lorsque j'essayai de le faire, je m'indignai de
ne trouver aucune parole capable de lui faire connaître l'excès
de ma reconnaissance. J'aurais souhaité de prodiguer ma vie
à son service. Nous arrivâmes heureusement à l'Ile-de-France,
où j'eus enfin la douceur d'embrasser mes chers parents.
Hélas ! leur visage conservait encore les traces de la douleur
et des rudes travaux dont un barbare les avait accablés pendant mon absence. Ils reçurent avec de vifs transports de joie
les nouvelles que je leur apportais, et me pressèrent de les
emmener au plus vite dans leur patrie qu'ils n'avaient jamais
cessé de regretter. Monsieur Pascal, dont l'intention était de
faire le commerce, arma un vaisseau à ses frais, et l'envoya
en France, chargé de denrées de la colonie pour y être échan-
gées contre des marchandises d'Europe. Nous en profitâmes
pour nous rendre dans ce royaume. Je ne tenterai point de
vous décrire la scène touchante qui se passa alors entre
Maguma, Vhakiré et le reste de ma famille ; votre imagination vous la représentera mieux que mes discours. Que ne
devaient pas éprouver en effet deux infortunés enlevés violemment de leur pays, réduits à l'esclavage pendant vingt-cinq
ans, durant lesquels ils avaient perdu toute espérance de se

revoir jamais libres, et qui se trouvent transportés tout à coup
au milieu de leurs amis et de leurs parents ! Un si grand changement les jetait dans l'ivresse du bonheur, et ils ressem-
blèrent longtemps à des insensés. Nous apprîmes à nos frères
à bénir le nom du généreux Pascal, et à l'excepter d'une loi
qui repoussait les Européens de nos rivages. Quelques violences exercées par ceux-ci, il y avait peut-être un siècle,
avaient fait prendre la résolution de n'avoir aucun commerce
avec eux, et cette clause était expressément jurée par le monarque, à son avénement au trône. Cette réserve a son bien et
son mal, car si d'un côté elle assure l'indépendance de ce petit
état, de l'autre elle retarde considérablement sa civilisation.
Le vaisseau de monsieur Pascal, ainsi que je viens de le dire,
fut excepté de cette prohibition ; nous lui donnâmes de l'or et
de l'ivoire pour des grains et des outils d'agriculture, dont
j'enseignai l'usage à ce peuple, et nous convînmes de continuer ce commerce par la suite. Deux ans après notre arrivée,
mon oncle mourut en me désignant pour son successeur.
J'offris à mon père la couronne, ou au moins de la partager
avec moi ; il me pria de le laisser finir tranquillement ses
jours ; le repos lui paraissant préférable à tout le reste. Pour
moi, je me suis appliqué, autant que mon intelligence me le
permettait, à faire le bonheur de ce royaume en le maintenant
en paix au dehors et en établissant au dedans des lois simples
et utiles. J'ai profité de nos relations avec mon ami pour y
répandre quelques-unes de ces inventions qui font tant d'honneur aux blancs, dont elles rendent la vie plus agréable et
plus commode ; mais je me suis bien gardé d'y introduire le
luxe, dont les effets ne tendent qu'à corrompre les hommes.
Tel fut le récit d'Hyacinthe. Je ne pus m'empêcher de reconnaître que Dieu l'avait puissamment protégé au milieu de ses
infortunes, et de convenir que sa piété filiale le méritait. Je
lui dis en soupirant que je n'aspirais qu'à retourner aussi dans

ma famille, et à consacrer à ma mère le reste de mes jours, si j'avais le bonheur de la revoir encore. Il me répliqua que le plus sûr était d'attendre le passage du navire marchand de Pascal, qui, en se rendant de l'Ile-de-France en Europe, viendrait s'approvisionner d'ivoire et de poudre d'or, et que je pourrais m'y embarquer pour la France. C'était effectivement l'occasion la plus favorable que je pusse rencontrer. Cependant je l'attendis inutilement : une tempête avait empêché le vaisseau d'entrer dans la rivière à son premier passage, et lorsque nous le vîmes, il arrivait du port de Bordeaux. Je me sentis mortifié d'un contre-temps qui retardait ma réunion à ma famille; mais puisque les choses s'arrangeaient ainsi, je pris le parti de continuer mon voyage et de me rendre auprès de mon oncle, bien décidé à n'y demeurer que peu de temps. De son côté, Hastendorf, comblé des bienfaits d'Hyacinthe, partit avec sa famille pour le royaume de Benin, où il apprit qu'on attendait un vaisseau suédois arrivant des Indes orientales, et, comme je n'ai point eu occasion de le revoir, je dirai de suite au lecteur qui a pu s'intéresser à ces personnes, qu'elles regagnèrent heureusement leur pays, et retrouvèrent dans le sein d'une vie champêtre les douceurs dont elles regrettaient si amèrement la perte. Ce ne fut pas sans verser beaucoup de pleurs que nous nous séparâmes les uns des autres. Les malheurs que nous avions éprouvés ensemble formaient entre nos cœurs des liens indissolubles, et depuis longtemps nous étions accoutumés à nous regarder comme parents.

CHAPITRE XXIII.

Quelles personnes George rencontra à l'Ile-de-France.

Je ne me vis point une seconde fois à la merci d'un élément qui m'avait été si funeste, sans me sentir saisi d'effroi, et sans m'écrier en moi-même avec le poète de Tibur :

« Il fallait que le chêne le plus dur, qu'un triple airain en-
» vironnât le cœur de celui qui, le premier, osa braver sur un
» frêle navire le courroux de la mer. »

Nous eûmes quelque peine à doubler le cap de Bonne-Espérance, passage si dangereux qu'on le nomma d'abord le cap des Tourmentes ; mais de là à l'Ile-de-France, notre traversée s'acheva en peu de jours. L'obligation que je me suis imposée de rendre compte au lecteur de mes moindres sentiments, exige que je lui découvre ici que, malgré les sévères leçons de la Providence, l'exemple d'Hastendorf et le fruit de mes propres réflexions, un reste d'ambition se réveilla dans mon cœur lorsque je me trouvai sur cette terre où je croyais être appelé par la fortune. Les espérances dont je me flattais autrefois se présentèrent de nouveau à mon imagination ; nos malheurs me parurent propres à augmenter l'intérêt que mon oncle me portait déjà, et je commençais à être moins impatient de revoir ma famille et mon pays. Je me demandai à quoi me servirait d'avoir entrepris un si long voyage, accompagné de tant de périls, si je m'en retournais sottement sans jouir d'aucun avantage, au risque de mécontenter un parent qui me voulait du bien. Je connaissais le courage de ma mère, son zèle pour l'intérêt de ses enfants, et je m'assurais d'avance qu'il me suffirait de lui écrire régulièrement pour la consoler de mon absence. C'est ainsi que je m'abusais moi-même, et que je cherchais à excuser mon ambition. Je descendis à terre plein de ces idées, regardant ce pays du même œil que les Israélites considéraient la terre promise.

Monsieur Pascal, pour qui j'avais une lettre d'Hyacinthe, et qui demeurait au port Louis, me reçut avec une extrême honnêteté, et parut fort disposé à me rendre toute espèce de services. Il avait entendu parler de mon oncle comme d'un habile chirurgien, mais il ne le connaissait pas, et se trouvait même fort éloigné du quartier de Mol..., dans lequel mon oncle avait ses possessions. Monsieur Pascal me promit de m'y faire conduire. Durant les deux jours que je passai dans la maison de ce négociant, Hyacinthe fut le sujet de tous nos entretiens ; car si le prince nègre conservait une vive affection pour son ancien maître, celui-ci ne paraissait pas non plus disposé à l'oublier. Tout étant prêt pour mon voyage dans l'intérieur de l'île, je partis à cheval, accompagné de deux nègres. La nature, inépuisable dans ses riches peintures, me présenta dans cette route mille tableaux admirables, malgré que mes yeux fussent accoutumés aux superbes paysages de mon île, et je ne pouvais assez m'étonner de la trouver partout si variée, quoiqu'elle employât toujours à peu près les mêmes couleurs. Nous parvînmes dans une plaine couverte de plantations de café et d'habitations qui en dépendaient ; c'était là que mon oncle devait avoir ses propriétés, et l'aspect de cette contrée fertile redoubla encore mon empressement de le rencontrer. Aussi n'appris-je qu'avec une extrême consternation que monsieur Albin était mort depuis environ sept mois. Cette nouvelle, qui renversait toutes mes espérances, me découragea tellement, qu'à peine j'eus la présence d'esprit de demander comment il avait disposé de sa fortune ; mais la personne à laquelle je m'adressai, peu instruite de cette affaire, me renvoya à un des parents de la femme de monsieur Albin, qui demeurait actuellement dans sa principale habitation, circonstance, au reste, qui en me faisant supposer que ce parent était son héritier, m'inspirait peu d'envie de le connaître. Cependant je ne pus résister à la curiosité que j'éprouvais, je me rendis chez ce colon. Je trouvai un homme grossier, chagrin, qui dès les premiers mots m'interrom... pour apostropher indignement la mémoire de mon pauvre ... e et celle de son épouse.

— J'ignore, me dit-il (car je n'avais pas jugé à propos de me faire connaître) quel intérêt vous pouvez prendre à cet Albin, mais je vous avertis que je ne saurais prononcer son nom sans colère. Il séduisit, en arrivant dans cette île, une veuve riche et imbécile, qui était la propre sœur de mon père. Cette vieille folle l'épousa, quoiqu'elle eût dix ans de plus que lui : passe encore pour cela ; je lui pardonnerais cette extravagance, si elle n'y avait joint celle de lui donner tous ses biens par contrats. Maintenant qu'ils sont morts l'un et l'autre, nous avons le déplaisir de voir passer leur héritage entre les mains de ces Albin, que nous haïssons justement et voudrions voir engloutis au fond de la mer. Cette maison où je demeure, j'ai été obligé de l'acheter des mains de ces étrangers que le ciel confonde ! Nos gouverneurs feraient sagement de réprimer de pareils abus, et de fermer nos ports à tous ces affamés d'Europe qui ne viennent ici que pour s'enrichir à nos dépens.

Ce parent déshérité en aurait dit sans doute davantage, si je ne l'eusse interrompu pour lui demander où je pourrais rencontrer celui qui était chargé des affaires des héritiers de monsieur Albin. Soit qu'il me soupçonnât de cette famille, ou que sa mauvaise humeur redoublât, il me répliqua brusque-

ment, en me regardant de travers, qu'il avait terminé avec
eux tout ce qui le concernait, et que j'allasse m'en informer
au diable. Piqué de son impolitesse, je lui repartis assez vivement que la manière dont il me recevait me laissait soupçonner que madame Albin, en le déshéritant, n'avait fait que
lui rendre justice, et, sans attendre sa réponse, je sortis de
chez lui presqu'aussi mécontent que lui-même. J'eus bientôt
oublié ce léger désagrément pour ne m'occuper que de la
reconnaissance que je devais au défunt. L'incertitude où il
était de mon sort l'avait sans doute empêché de me déclarer
son principal héritier, et sa fortune répartie entre nous me forçait à rabattre de mes prétentions; mais si je me laissais sub-
juguer aisément par les séductions de la prospérité, je savais
profiter du moins des contre-temps de la fortune, en revenant
à des idées plus raisonnables. Il ne s'agissait plus maintenant
que de découvrir la personne chargée de nos intérêts, ce que
j'espérais faire aisément de retour au port Louis.

En approchant de la Montagne-Longue, nous fûmes surpris
par un de ces ouragans si communs à l'Ile-de-France, et con-
traints de chercher une retraite dans une caverne assez profonde. La tempête ne dura qu'une demi-heure, et quoique les
noirs m'assurassent qu'elle n'était presque rien, je la trouvai
aussi terrible que celles que j'avais éprouvées dans mon île.
Nous étions sur le point de sortir de la caverne, lorsque nous
vîmes paraître à l'entrée deux hommes qui conduisaient un
jeune garçon d'environ quinze ans, dont les bras garrottés et
le visage noyé de larmes témoignaient assez qu'il ne les
accompagnait pas volontairement. Je fis signe à mes noirs de
se tenir en silence, mon dessein étant de profiter des ténèbres
qui nous cachaient pour m'assurer de l'intention de ces personnes, fort disposé à prendre le parti que l'humanité me con-
seillerait.

— Arrêtons-nous ici, dit l'un de ces hommes, ce lieu est

très-propre à ce que nous avons résolu de faire. Approchez de moi ce traître que je lui évite la peine de retourner d'où il vient avec notre or et notre argent.

La fureur peinte dans les yeux du barbare ne me laissait aucun doute sur le crime qu'il méditait. Déjà mes pistolets à la main je volais au secours de la victime, lorsqu'elle prit elle-même la parole et se jeta aux pieds de son bourreau.

— Que vous ai-je fait? s'écria-t-elle, et pourquoi m'ôteriez-vous la vie? de quoi pouvez-vous m'accuser?

— Penses-tu, reprit l'assassin, que nous te laissions jouir paisiblement de notre dépouille, toi qui es venu nous enlever un héritage qui nous appartenait de droit?

— Hélas! continua l'enfant, je n'ai point demandé cet héritage que vous me reprochez, je n'en puis avoir même qu'une portion, et ma mort ne changera rien au testament qui vous déshérite.

— Je me serai vengé du moins, poursuivit le scélérat; je forcerai ta famille à pleurer ta perte, puisque je ne puis avoir la consolation de la traiter comme toi.

Le mouvement dont il accompagna ces dernières paroles ne me permit pas de balancer plus longtemps : je tirai un coup de pistolet à celui qui, s'étant emparé du jeune homme, cherchait à le percer d'un poignard ; il tomba sans vie à mes pieds, son compagnon prit la fuite, et je ne m'occupai plus que de secourir le jeune étranger que sa frayeur avait fait évanouir. Il ne revint à lui que pour me témoigner sa reconnaissance dans les termes les plus touchants. Son visage, le son de sa voix et les discours qu'on lui avait tenus, me donnaient des soupçons que je me hâtai de vérifier en lui demandant son nom. Quelque chose m'avertissait que nous n'étions point étrangers. Je ne me trompais pas, c'était mon frère, Augustin Hernilis, que je tenais entre mes bras.

— O jour deux fois heureux! m'écriai-je avec transport, jour où j'ai le bonheur d'embrasser mon frère après lui avoir sauvé la vie, tu me payes amplement de ce que j'ai souffert!

Augustin me reconnut à son tour et me combla de ses caresses. Nous nous adressions mutuellement une foule de questions, auxquelles notre joie mêlée de trouble nous empêchait de répondre, et ce ne fut qu'au bout de quelques instants que nous parvînmes à la maîtriser. Je sentis le premier notre imprudence demeurer en cet endroit écarté, près d'un homme mort, au risque de nous voir poursuivis par la justice, quoique nous n'eussions fait que nous défendre. Je remontai à cheval, mon frère se mit en croupe derrière moi, et me raconta en cheminant ce qui avait donné lieu à sa funeste aventure. Il était venu à l'Ile-de-France avec monsieur Prior que ma mère avait chargé de recueillir la succession de son frère. Ils avaient éprouvé beaucoup de tracasseries de la part des parents déshérités, qui, ne pouvant faire casser le testament, se livrèrent à des violences qu'ils poussèrent jusqu'à attenter aux jours de mon frère. Je lui demandai comment, ayant déjà eu tant de preuves de leur haine et de leur malice, il avait eu la témérité de se livrer entre leurs mains. Augustin me répondit en rougissant qu'ils lui avaient tendu un piége. Sa rougeur et la manière dont il baissa les yeux à ces paroles, ce que je vis fort bien, me tenant à demi-tourné sur la selle afin que nous pussions causer ensemble plus commodément, me donnèrent à penser que mon jeune frère n'était pas tout à fait exempt de reproches. En effet, pressé par mes questions, il m'avoua qu'ayant fait la connaissance d'une jeune négresse qu'il allait voir malgré les défenses de monsieur Prior, c'était par le moyen de cette fille que ces méchants l'avaient enlevé. Cet aveu me fournit l'occasion d'adresser à Augustin une petite leçon de morale qu'il reçut avec docilité.

Je le fis convenir que l'intérêt de la jeunesse est de s'en rapporter à l'expérience de ceux qui l'aiment et qui sont chargés
de la diriger, qu'elle ne fait que des sottises en n'écoutant que
ses propres conseils, et enfin que ses plus petites fautes sont
presque toujours suivies de très-grands maux.

CHAPITRE XXIV.

George retourne dans sa Patrie.

L'idée de revoir ce bon monsieur Prior, ce digne ami de ma famille, m'agitait vivement en mettant pied à terre à la porte de sa maison. Nous montâmes rapidement l'escalier. Au bruit de nos pas, le vieillard, dévoré d'inquiétudes, ouvrit la porte de sa chambre et reçut Augustin entre ses bras.

— Mon bon ami! s'écria le jeune homme, j'ai fait une imprudence qui a failli me coûter la vie; mais vous me la pardonnerez en faveur de l'heureuse nouvelle que je vais vous apprendre. Regardez ce personnage, ajouta-t-il en me prenant par la main, ne vous rappelle-t-il aucun souvenir?

Monsieur Prior, surpris de ces paroles, jeta les yeux sur moi, et me voyant le visage baigné de larmes, il me devina plutôt qu'il ne me reconnut.

— Serait-ce vous, mon cher enfant? s'écria-t-il. Aurais-je le bonheur de ramener George entre les bras de sa mère?

— Oui, lui répondis-je, je suis le malheureux George..... Que dis-je! il n'y a point d'homme plus fortuné que moi, puisque je vous retrouve, contre toute espérance.

— Ah, mon ami! reprit le digne vieillard en soupirant, que vous avez coûté de larmes à votre mère! Se peut-il que depuis sept ans que vous êtes parti elle n'ait pu recevoir une seule fois de vos nouvelles!

Ces paroles, prononcées du ton du reproche, me perçèrent le cœur.

— Suis-je donc si peu connu d'elle et de vous, lui répliquai-je, que j'aie besoin de me justifier à cet égard? N'était-il pas plus naturel d'attribuer mon silence à des événements extraordinaires, auxquels les voyages sur mer n'exposent que trop fréquemment, que de m'accuser d'une si coupable négligence? Non, monsieur Prior, il ne m'a pas été possible de vous écrire; j'ai passé presque tout le temps que vous dites dans un lieu séparé du reste de la terre, et j'y serais mort sans doute sans un miracle de la Providence.

Monsieur Prior m'embrassa affectueusement en me témoignant combien ma sensibilité lui donnait bonne opinion de mon cœur. Il ajouta que, dans des circonstances où toute la pénétration humaine se trouve en défaut, il n'est pas rare de se jeter quelquefois dans des suppositions injustes, mais que je devais les pardonner à son vif attachement pour ma famille. Il est vrai que cet homme respectable nous portait l'affection d'un père, et il l'avait bien prouvé en entreprenant à son âge le voyage de l'Ile-de-France, pour y soutenir nos intérêts. Mon oncle, persuadé, ainsi que tout le monde, que je n'existais plus, avait fait sa sœur héritière de tous ses biens.

Nous ne demeurâmes pas longtemps à l'Ile-de-France. Un vaisseau qui mettait à la voile pour le port de Bordeaux nous reçut à son bord, et après environ sept années d'absence et de revers, j'eus enfin la douceur de me retrouver sur le sol de ma patrie. Plus on approche du but de ses désirs, plus l'impatience de les satisfaire augmente. Le chemin qu'il me fallut

fallut faire par terre pour me rendre dans ma ville natale, me parut plus long que la traversée même. A mesure que j'approchais, des transports d'amour et de joie oppressaient tellement mon cœur que je pouvais à peine respirer. Nous arrivâmes enfin. Ma mère, quoique préparée à mon retour par une lettre que je lui écrivis de Bordeaux, fut hors d'état de soutenir une si touchante entrevue; à peine m'eut-elle ouvert ses bras que je la vis pâlir et tomber en faiblesse.

— O ma mère! ma tendre mère! m'écriai-je en la pressant contre mon cœur, revenez à vous et bénissez encore une fois votre fils.

Agathe, ma sœur, s'empressa de lui faire respirer des sels; nous étions tous plongés dans de cruelles alarmes, son extrême délicatesse nous faisant appréhender les suites de cet accident, et je priais Dieu tout bas avec ardeur de ne point me ravir cette excellente mère au moment de notre réunion. Elle reprit enfin ses forces et m'accabla des plus tendres caresses.

— Ah, mon enfant! me dit-elle avec un grand soupir, le ciel a donc enfin exaucé ma prière! il me permet de t'embrasser avant de mourir! maintenant je n'ai plus que des grâces à lui rendre, et il peut, quand il voudra, disposer de mes jours.

— Ne parlez point de mourir, lui répondis-je, vivez plutôt pour jouir de mon amour et de mes soins : je ne vous quitterai plus.

Ma mère secoua faiblement la tête. Je fus frappé alors de l'altération de ses traits et des tristes changements que sept années avaient produits en elle, quoiqu'elle fût déjà fort languissante avant mon départ. Elle lut mon chagrin dans mes yeux, et répondant aussitôt à ma pensée :

— Tu devais t'attendre, mon cher fils, poursuivit-elle, aux

ravages que tu remarques sur mon visage. Le mauvais état
de ma santé, depuis plus de dix ans, aurait dû déjà abréger
mes jours, et il serait peu sensé à moi de compter sur une longue carrière ; mais ne songeons en ce moment qu'au bonheur
de nous revoir, nous aurons assez de temps pour nous entretenir du reste.

La voyant très-fatiguée de ses émotions, nous la pressâmes
de se jeter sur un lit de repos pendant que, de notre côté,
nous changerions d'habits et ferions honneur au repas que ma
sœur nous avait préparé. Cette bonne Agathe était toujours
demeurée la fidèle compagne de ma mère ; en vain plusieurs
partis s'étaient présentés pour elle, elle les avait tous refusés
pour se consacrer uniquement à son devoir. Combien son
exemple me faisait rougir de ma conduite passée !

Augustin continuait de travailler en horlogerie chez un
ancien ami de notre père ; ma sœur Henriette était placée dans
une maison de commerce à Lorient ; il ne restait à la maison
qu'Agathe et Monique, la plus jeune de la famille.

Ma mère habitait toujours à la campagne la petite maison
dans laquelle je l'avais laissée, et dont l'apparence, toujours la
même, prouvait suffisamment que son amour pour la simplicité ne s'était point démenti. Cela n'empêchait pas cette retraite
d'être fort agréable. Sa situation sur une colline plantée d'arbres, à travers lesquels on découvrait l'Océan, aurait été
enviée des plus riches propriétaires, et son sol répondait géné-
reusement aux soins qu'on prenait de le cultiver. Dans les
endroits où les points de vue se présentaient favorablement,
Augustin, pendant les jours dont il pouvait disposer, avait
construit des berceaux où il avait placé des bancs pour s'asseoir. C'étaient autant de secours préparés à la faiblesse de
notre mère, incapable de supporter une longue marche. Cette
pieuse attention de mon frère, que Monique me faisait innocem-

ment remarquer, se changeait pour moi en reproche, et me
rappelait douloureusement ce que j'avais souffert dans le
temps qu'Augustin se livrait paisiblement à de si douces occupations.

Ma mère souhaitait passionnément d'entendre le récit de
mes aventures; mais son médecin ne me permit pas de la
satisfaire avant qu'elle se trouvât parfaitement remise de
l'impression que lui avait causée mon retour. Hélas! qu'il
connaissait bien sa sensibilité maternelle! quelques précautions que je prisse d'adoucir les plus tristes circonstances de
mon naufrage, elle ne put les écouter sans fondre en larmes et
se troubler comme si le danger subsistait encore. Il y avait
aussi des moments où une véritable douceur se mêlait pour
elle aux impressions déchirantes que lui causait le souvenir
de mes maux. En apprenant combien son image m'avait fidèlement accompagné dans ma solitude, la satisfaction brillait
dans ses yeux, et lorsque je lui parlai de ma chapelle de
Sainte-Clémence, elle se jeta tendrement à mon cou, en m'appelant la consolation de ses derniers jours. Mon récit achevé,
elle prit mes deux mains dans les siennes et s'adressant à
Agathe :

— Te souviens-tu, ma chère fille, lui dit-elle, des songes
que je t'ai racontés si souvent, et durant lesquels il me semblait voir mon pauvre George luttant contre les flots, ou jeté
sur un écueil au milieu de la mer? Vous aviez beau pleurer sa
mort, je ne sais quel pressentiment m'empêchait d'y croire
comme les autres, et malgré tout ce qu'on a pu me dire, mon
cœur n'a jamais désespéré de le revoir. Je n'ai jamais souffert
non plus qu'on l'accusât de négligence, continua-t-elle en me
regardant avec beaucoup de tendresse; j'étais trop certaine
qu'un fils qui n'a pu aller plus loin que d'ici à Lorient sans
consoler sa mère par l'expression de son amour, ne l'aurait

pas laissée pendant sept ans dans des inquiétudes mortelles, s'il eût dépendu de lui de les lui épargner.

J'embrassai cette excellente mère pour la remercier de la justice qu'elle me rendait. Elle me demanda ensuite ce que je comptais devenir.

— Tout ce qu'il vous plaira, lui répondis-je, je ne veux avoir désormais d'autre volonté que la vôtre; mais si vous voulez me dédommager de tout ce que j'ai souffert, permettez-moi de vivre auprès de vous et de m'y occuper de travaux champêtres. J'ai été trop puni de mon ambition pour en conserver aucunes traces. Je sens que le repos de la campagne, les plaisirs innocents qu'elle procure, et notre affection mutuelle, suffiront à mon bonheur.

Un pareil plan ne pouvait qu'être approuvé de ma bonne mère. Nous convînmes cependant de le soumettre aux lumières de notre vieil ami, monsieur Prior, qui méritait bien cette condescendance de notre part. Il trouva mon projet trop raisonnable pour mon âge, et parut douter un peu que je le soutinsse avec constance; mais je l'assurai que ma conduite à l'avenir lui ferait voir que j'avais su profiter de mes malheurs, et je lui ai tenu parole.

Landerneau étant une très-petite ville, on ne s'étonnera point que mon retour et mes aventures, dont il circulait des récits assez fabuleux, me rendissent le sujet de toutes les conversations. Toute la ville vint me rendre visite, les uns par civilité, les autres par affection, le plus grand nombre par curiosité. Je tâchai par ma complaisance de m'attirer la bienveillance de mes concitoyens, car les déplaisirs d'une solitude absolue m'avaient appris à mieux sentir les avantages de la civilisation, et les douceurs qu'on peut tirer de la société des honnêtes gens. Mais plusieurs personnes qui se souvenaient des sentiments d'orgueil et d'ambition que je nourrissais dans ma jeunesse,

euront besoin que l'expérience les convainquît de la sincérité
de ma modération présente, pour m'accorder franchement leur
estime; néanmoins ma conduite soutenue triompha de leurs
préventions, et elles devinrent par la suite mes meilleures
amies. Je ne dois pas non plus oublier les caresses que tout le
monde faisait de concert à mon fidèle Azor. Quoique je n'en
aie rien dit depuis assez longtemps, nous avions continué de
partager la même fortune; il devint le favori de ma mère, qui
le regardait avec raison comme mon consolateur.

Dieu, dont la bonté voulait sans doute me dédommager de
mes longues souffrances, ajouta au bonheur dont je jouissais
déjà, celui de fortifier la santé de ma mère. Dès qu'elle cessa
d'être inquiète et malheureuse, ses infirmités disparurent. Elle
reprit l'embonpoint et la fraîcheur du printemps de sa vie; une
aimable gaîté remplaça sa mélancolie habituelle; elle m'appelait son Esculape, m'assurant que mon seul retour l'avait
guérie; et moi je m'enorgueillissais de sa beauté, comme un
amant se glorifie des attraits de sa maîtresse.

Deux ans après mon arrivée dans ma patrie, ma sœur
Agathe se maria avantageusement. Je fis choix pour moi-
même d'une jeune personne plus aimable que jolie, plus ver-
tueuse que riche, qui partagea mes soins et mon affection
pour la meilleure des mères. Notre bonheur ne fut troublé que
par la perte de notre bon ami, monsieur Prior, que la mort
nous enleva, la première année de mon mariage.

Maintenant, mon cher Lecteur, si, pendant une partie de
mon histoire vous avez pris part aux funestes revers qui m'ont
accablé dans un âge où la plupart ne connaissent que les plaisirs, partagez aussi la félicité dont je jouis. Ma mère, ma
femme et mes amis ont prétendu que le récit de mes aventures
pouvait former un livre aussi intéressant qu'instructif; ils m'ont
pressé de le rédiger par écrit, et d'employer à cette occupation

les longues soirées d'hiver, où l'on a tant de loisir à la campagne. Après avoir entrepris cet ouvrage pour les satisfaire,
je l'ai continué par goût, trouvant un secret plaisir à me
rappeler des disgrâces dont la Providence m'a si amplement
dédommagé.

FIN.

TABLE

—

FIN DE LA TABLE.

Limoges. — Imp. E. ARDANT et Cⁱᵉ.

Original en couleur

NF Z 43-120-8

WALTER SCOTT

LE PIRATE

NOUVELLE ÉDITION

TRADUCTION REVUE

LIMOGES

www.ingramcontent.com/pod-product-compliance
Lightning Source LLC
Chambersburg PA
CBHW070848030726
47504CB00005B/1260